사랑은 언제나 서툴다

국립중앙도서관 출판시도서목록(CIP)

사랑은 언제나 서툴다 / 글쓴이: 나태주. -- 서울 : 토담미디어,
2013
 p. ;   cm

ISBN 978-89-92430-88-3 03810 : ₩13000

한국 현대 수필[韓國現代隨筆]

814.7-KDC5
895.745-DDC21   CIP2013011315

사랑은 언제나 서툴다

글 나태주 · 그림 와이

토담미디어

꿈이라고 부른다

어리둥절할 때가 있다
내 앞에 앉아 있는 네가
너무나 낯설고 서먹하고 멀어서다
어디 먼 곳에 마음 주고 있는 사람이라 그럴까……

왜 그렇게 뚫어지게 보고 그러셔요!
하얀 이 드러내놓고
화들짝 웃고 있는 너는 또 누구냐?
비로소 너는 내가 알고 있는 너로 돌아온다

도무지 종잡을 수가 없다
여긴가 하면 저기고
이 사람인가 하면 저 사람이다
알 것 같기도 하고 모를 것 같기도 하다

때로 막막한 산이 되어 앞길을 막아서고
강물로 흘러 멀리 데리고 간다
때로 세상에는 없는 꽃 수풀을 보여주기도 한다

이러한 너를 오늘 나는
꿈이라고 부른다.

차례

프롤로그 ⋯⋯ 010

프롤로그

충분히 안 쓰고 넘어가도 좋을 문제를 가지고 글을 써보려고 한다. 차라리 덮어버리고 넘어가는 편이 여러 가지로 이로운 일일 지도 모르겠다. 어쩌면 위태롭기까지 한 이야기들, 사랑에 관한 이야기이다. 남자와 여자에 관한 이야기이다.

사랑의 이야기는 언제든 누구의 이야기든 조금쯤은 위험하다. 안 위험해도 위험하다. 그러나 사랑의 이야기는 위험해도 안 위험하다. 언젠가는 스스로 제자리를 찾아가는 것이 사랑의 이야기다. 그만큼 사랑의 이야기는 지향 없고 삐딱하다.

한 번도 나는 사랑의 문제에 대해, 남자와 여자의 문제에 대해서 그 본질을 꺼내어 써보지 못했다. 변죽을 울리거나 빙빙 돌려서 은유적으로만 표현했을 뿐, 번번이 그 핵심을 어물쩍 비껴가곤 했다. 조금은 답답한 일이고 비겁한 일이라고도 할 수 있겠다.

사실 시의 형식이 그것이다. 실상 나는 아주 많은 시를 썼다. 사랑의 시도 많이 썼다. 더러는 나더러 '사랑의 시를 가장 많이 쓴 시인'이라고 말하는 이들도 있다. 그러나 시 가지고는 안 되는 부분이 사랑의 여러 가지 일들, 그 이야기 속속들이 속에는 있다.

담백하게 쓰고 싶다. 용기를 내어 쓰고 싶다. 가능하다면 아름답게 치열하게 쓰고 싶다. 마치 사막의 중심부를 수통 하나에 의지하여 통과하는 사람처럼 그렇게 쓰고 싶다. 과연 나는 이 글을 끝까지 쓸 수 있을 것인가? 스스로에게 의문을 갖는다.

우선 먼저, 나 자신부터 감동받는 글을 쓰고자 한다. 그것이 늘 글을 쓸 때의 첫 번째 소망이다. 감동 받는 글을 쓰기 위해서는 무엇보다 진정성이 선행되어야 한다. 진정성이란 '참되고 애틋한 정이나 마음'을 말한다. 과연 나의 글이 진정성이 있고 감동을 주는 글이 될 수 있을까? 과연 그런지 안 그런지 슬아, 네가 판단해주었으면 좋겠다.

그러나 가는 데까지는 가보고 싶다. 사랑하는 마음, 그리운 마음, 안쓰러운 마음이 좀 나를 도와주었으면 좋겠다. 슬아, 네가 날 좀 도와주어야겠다. 왜 내가 너를 사랑해야만 했는지, 그럴 수밖에 없었던 까닭을 쓰고 싶다. 어떻게 사랑했는지, 그 과정을 밝히고 싶다. 우리 같이 가자. 책의 끝부분까지 손잡고 함께 가보자. 부탁한다.

사람의 만남이란 참 이상한 구석이 있다. 처음엔 별스럽지 않은 만남이 나중엔 중요한 만남이 되기도 하고 처음엔 요란스런 만남이 나중엔 시시한 만남으로 끝나기도 하니 말이다. 내가 슬이를 만난 것은 그냥 평범한 만남이었다. 처음에 슬이는 나에게 불특정다수 가운데 한 사람 같은 사람이었다.

교직에서 정년퇴직을 하고 초빙을 받아 금강연구원의 원장으로 들어가 보니 이미 슬이는 연구원의 직원으로 일하고 있었다. 금강연구원은 금강 가에 위치한 지자체들이 공동으로 출연하여 차린 금강에 대한 연구기관이다. 슬이의 포지션은 연구원의 정기간행물인 〈금강포럼〉을 편집하는 자리. 나 자신 오래 전부터 연구원의 회원이었고 〈금강포럼〉의 편집위원으로 글을 쓰는 입장이었으므로 그동안도 여러 차례 만난 일이 있었을 것이다. 전화 통화 또한 여러 차례 했었을 일이다. 그런데 전혀 슬이에 대한 기억이 없는 것을 보면 그것도 참 이상한 일이다.

처음부터 별로 눈에 띄지 않는 아이였기 때문이었을 것이다. 우선 외모가 그랬다. 키가 조그마하고 통통하게 살집이 있는 몸매였다. 얼굴도 그렇게 예쁘거나 빼어난 얼굴이 아니었다. 계란형으로 동그스름 갸름하고 조그만 얼굴. 이목구비 또한 헌칠한 편이 못되었다. 눈꼬리가 처져 있었고 눈이 가늘게 휘어져 있기도 했다. 이런 눈을 젊은 애들은 '새우눈'이라고 불렀다. 다만 예쁜 부분이라면 입술이 도톰하고 붉다는 점이었다.

이러한 슬이의 얼굴 가운데 가장 알아줄만한 부분은 이마다. 맑고 시원했다. 다른 부분의 결함을 상쇄하고도 남을 만큼 빛나는 이마였다. 부신 햇빛에 눈살이라도 찌푸릴라치면 그 찌푸린 미간조차 귀엽고 사랑스러워 보였다. 그 다음으로 좋아 보이는 부분은 턱과 볼의 윤곽선이었다. 동그스름한 모양이 매우 동양적이면서 유연해 보였다. 게다가 머리카락이 치렁하도록 길었다. 이러한 점들이 슬이의 얼굴을 매우 귀여우면서도 예쁘게 보이도록 만들어주었고 또 동안童顔으로 보이게 했다.

아리잠직하다는 말은 조그마하면서도 아리땁다는 말의 우리 말 표현이다. 그야말로 슬이는 아리잠직한 처녀아이였다. 그보다 더 좋은 표현이 없다. 슬이는 모든 게 조그마했다. 손도 작고 발도 작았다. 짤막짤막한 손가락이며 발가락들. 어찌 보면 슬이는 자라다 만 아이 같았다. 중학생이거나 고등학생 같았다. 전체적인 인상이 그랬다. 나이를 분간하기 어려웠다. 이러한 특징들이 보는 사람으로 하여금 안쓰러운 마음을 불러일으키게 했고 보호본능 같은 것을 유발시켰는지도 모를 일이다.

애당초 떨떠름한 만남, 범상한 만남이었을 것이다. 뭐 저런 애가 다 있어, 그렇게 치부하고 넘어갔을 것이다. 전혀 주의를 기울일만한 아이가 아니었다. 그런데 그런 슬이가 나에게 중요한 사람이 되었다? 그렇다면 언제 어디서 만났는지 그 인상이며 만났을 때의 표정이나 대화나 분위기 같은 것이 떠올라야할 텐데 전혀 그렇지 않은 점이 이상하다. 그냥 언제부터 그 애는 내 옆에 있었고 나는 또 슬그머니 그 애와 함께 생활하기 시작했다는 느낌이다.

그 애의 이름은 전예슬. '슬이'는 내가 줄여서 부르는 그 애의 이름. 일종의 애칭인 셈이다. 처음 만났을 때 슬이의 나이는 25세. 나의 나이는 65세. 우리는 그렇게 40년 나이 차이를 두고 만났다. 전혀 손이 닿을 것 같지 않은 처녀아이. 전혀 이야기가 통할 것 같지 않은 인간관계. 그런 슬이가 나에게 조금씩 소중한 사람으로 바뀌어갔다.

아무래도 슬이의 특징이랄까 숨은 매력이랄까 그 런 것을 조금 더 말해야 할 것만 같다. 함께 지내면서 지켜본 결과, 슬이는 여러 모로 특별한 아이였다. 은근히 끌리는 구석이 많은 아 이였다. 꼭 크고 빛나는 것, 좋은 것, 새로운 것만 사람의 마음을 끄 는 것은 아니다. 때로는 부족한 것, 사소한 것, 보잘 것 없는 것, 낡 은 것들도 그 나름대로 사람의 마음을 끄는 힘을 가지고 있다. 슬이 가 바로 그랬다.

우선 슬이는 의사 표현 수단이 매우 특별했다. 내면의 감정을 잘 드러내지 않았다. 말수가 도통 적었다. 아예 말을 하지 않았다. 얼 굴의 표정 변화도 별로 없었다. 속내를 들키고 싶지 않은 사람 같았 고 마음속에 꽁꽁 감추고 있는 그 무엇이라도 있는 사람 같았다. 다 른 처녀애들도 그렇겠지만 슬이는 특히 개인적인 이야기, 가정의 이야기 앞에서는 쩔끔했다. 그 어떤 화제를 두고서도 제가 먼저 말을 꺼내는 경우가 없었다. 이쪽에서 여러 차례 말을 던지면 그때서야 겨우 몇 마디 짧게 대답할 뿐이었다. 자기 생각에 맞지 않거나 내키지 않으면 아예 입을 다물어버리기도 한다.

'예, 아니오.'가 대답의 전부일 때가 많았다. 그것도 한번 말을 하면 그 말을 끝내 바꾸지 않았다. 처음부터 예, 라는 대답이 나와야지 한번 아니요, 라고 대답이 나오면 안 되는 일이었다. 좀 마음이 내킬 때면 '그쵸.'라고 답하기도 한다. 기껏 선심을 쓰는 셈인데 '그쵸.'는 '그렇지요.'를 줄여서 하는 젊은 애들의 어투다. 답답한 마음이 자주 들었다. 안타깝기도 했다. 그러나 그 답답함과 안타까움이 또 그 아이가 주는 매력이었다. 마음을 끌고 놓아주지 않았다. 어라? 뭐 이런 애가 다 있어, 그런 생각이었을 것이다.

여러 차례 다그쳐 물으면 조그맣게 고개를 끄덕이거나 흔드는 것으로 의사 표현을 대신하기도 한다. 부정과 긍정의 의사표현을 고개를 끄덕이는 것과 흔드는 것으로 대신했던 것이다. 그렇게 머리를 끄덕이거나 흔들 때면 긴 머리칼이 보일 듯 말 듯 흔들리는 게 여간 귀엽고 사랑스러운 게 아니다. 이게 다 콩깍지에 씌워서 그렇다. 어찌 보면 무례하기 짝이 없는 행동까지 예쁘게 보이다니 말이다.

아예 묵비권을 행사할 때도 있다. 가타부타 말을 하지 않는 것이다. 말 없음의 말. 슬이에게는 묵언도 하나의 의사표현 방법이다. 이쪽의 답답함은 전혀 고려하지 않는 듯한 그런 행동. 당돌함과 오만함. 그리고 단호함. 겉으로는 조그맣게 유약해 보이는 슬이에게 이런 면이 있다니. 호락호락하지 않다. 슬이의 묵언은 이쪽을 매우 궁금하게 만들어주면서 이쪽을 통제하고 제압하기도 한다.

묵언默言으로 상대방을 제압하고 통제한다? 보통이 아니다. 어린 슬이에게 이런 마음의 능력이 있다니. 놀라운 일이다. 슬이의 묵언은 점차 나의 마음을 애태우게 하고 끝내 그것은 또 나의 마음을 슬이 쪽으로 기울게 하면서 비틀어 매는 구실을 했다. 내가 커다란 소나 말이었다면 슬이는 고삐로 그 짐승을 끄는 소년과 같았을 것이다. 그렇게 슬이는 겉으로 연약하고 조그만 처녀였지만 내면으로는 강인한 마음, 깊은 일면이 있는 아이였다.

실상 한 사람이 또 한 사람을 지배하고 종속시키는 건 결국은 감정의 문제다. 물리적인 힘이나 현실적인 조건이 결코 아니다. 덩치가 크다고 해서 그런 것이 아니고 나이가 많다고 해서 가능한 것도 아니고 지위가 높다든가 그런 건 더더욱 아니다. 그것은 오로지 누가 누구한테 감정적으로 지배되고 이끌리느냐에 달려있다. 이런 땐 더 많이 사랑하는 사람이 단연코 약자다. 그것은 모든 인간관계에서 그렇다. 부부, 부모자식, 친구, 사제, 이웃 사이에서 더 많이 사랑하는 사람이 덜 사랑하는 사람한테 굴복하도록 되어 있다. 이것도 사랑의 한 신비. 나는 슬이 앞에 늘 약자로 서 있어야만 했다.

또 슬이는 차림을 특색 있게 할 줄 아는 아이였다. 날마다 입는 옷이 달랐다. 어떻게든 변화를 주려고 노력했다. 비록 어제 입었던 옷이라 할지라도 그 위에 한 가지 새로운 옷을 걸쳐 새로움을 주었다. 몸에 지니는 액세서리도 그랬다. 여러 개 중에서 날마다 그것을 바꾸었다. 귀걸이를 바꾸고 목걸이를 바꾸었다. 어제는 실반지를 끼고 나왔다면 오늘은 그것을 끼지 않으므로 해서 변화를 주었다. 일종의 연출이다. 그래서 슬이는 날마다 새롭게 보이는 아이였고 날마다 낯설게 보이는 아이였다. 이것이 또 하나 슬이의 매력이었다.

여러 가지로 모자라 보이는 것 같기도 한 슬이. 키가 그렇고 얼굴이 그렇고 말하는 솜씨가 그러한 슬이. 어쨌든 일 프로나 이 프로가 부족한 것 같은 슬이. 그러나 그러한 모자람이 모자람으로 끝나지 않고 안쓰러움, 애잔한 마음을 불러온다. 이 안쓰러움과 애잔함은 슬이에 대한 관심으로 이어지고 또 슬이를 매우 귀엽게 보이도록 하고 못 견디도록 사랑스럽게 만들어준다. 하나의 마력이요 매직이다.

"예슬 씨는 참 귀여워요. 좋아하는 친구들이 많겠어요."

"그렇잖아도 남자친구가 절더러 주머니에 넣고 가지고 다니면 좋겠다 그랬어요."

이럴 때 슬이는 정말로 잘 다듬어진 한 개 조각품이나 조그만 수석처럼 빛나 보인다.

"그래? 언제 만난 친구가 그랬는데?"

"대학 다닐 때 친구가 그랬어요."

"좋았겠네. 근데 뭐 사람이 장난감인가?"

그러면 슬이는 희미한 미소를 얼굴 한 구석에 머금곤 한다. 이런 실없는 이야기를 나누며 슬이와 나는 한 걸음씩 마음으로 가까워지는 사람들이 되어 갔다.

퐁당

어제는 너를 보고 조약돌이라고 말하고
오늘은 너를 보고 호수라고 말했다
어제 조약돌이라고 말한 너를 집어 들어
오늘 호수라고 말한 너를 향해 던져본다
이래도 말을 하지 않을 테냐, 퐁당!

세 번째 이야기 연두색 마티즈

　

나는 자동차가 없는 사람이다. 운전을 할 줄 모르기도 하지만 애당초 자동차 같은 건 갖고 싶은 생각이 없었다. 생각해보면 참 나는 이런 면에서 매우 전근대적인 인간이다. 불편한 인간이다. 스스로 자동차를 운전하기보다는 다른 사람이 운전하는 자동차를 얻어 타고 다니는 것을 좋아한다. 그래서 스스로를 '차거지'라고 말하는 사람이다.

지금껏 탈 것을 가졌다면 어디까지나 그것은 자전거다. 두 바퀴로 돌아가는 자전거. 두 발과 다리의 힘으로 비벼서 가는 자전거. 지금 타고 다니는 초록색 자전거도 직장에서 물러나고 나서 새로 산 자전거이다. 그걸 타고 출퇴근을 한다. 뿐더러 가까운 거리면 어디고 자전거를 타고 찾아간다. 여간 편리한 게 아니다.

그러나 먼 거리나 시외 지역으로 나가야 할 때는 문제가 생긴다. 버스나 택시 같은 대중교통 수단을 이용해야만 한다. 더러 연구원의 일로 나갈 때는 하는 수 없이 아래층 사무실 사람들, 그것도 자동차 가진 사람들 신세를 지기도 한다. 특히 취재나 인터뷰하기 위해 나갈 때는 슬이의 자동차를 타도록 되어 있다. 책의 편집과 사진 담당이 슬이였으므로 함께 가야 했기 때문이다.

슬이의 자동차는 연두색 마티즈 투. 구형의 자동차다. 몇 해 전까지만 해도 할아버지가 사용하던 자동차인데 할아버지가 세상 뜨신 뒤로는 자기가 이어서 탄다고 그랬다. 할아버지가 타던 차라고는 하지만 자그맣고 동글동글한 슬이의 이미지와 자동차의 이미지가 너무나도 잘 어울린다는 느낌을 갖게 하는 자동차다.

자동차 뒷자리가 나의 좌석. 예의상 운전석 옆에 앉고 싶지만 슬이가 좋아하지 않는 눈치여서 언제나 뒷자리에 앉는다. 그러므로 슬이의 자동차를 타고 갈 때 나는 슬이의 뒷모습만을 보도록 되어 있다. 조금은 답답한 일이지만 어쩔 수 없는 노릇이다. 뒤에서 보면 조그만 아가씨가 운전도 잘한다. 매우 과감하다. 결단력이 있고 임기응변이 뛰어나고 순발력 또한 높다.

핸들을 잡은 슬이의 손이 매우 예쁘다. 손등의 피부도 곱거니와 동글납작한 손가락이 예쁘다. 손가락 끝 손톱도 잘 다듬어져 있다. 가끔은 거기에 색깔이 칠해지기도 한다. 으레 매니큐어라고 하면 분홍색만 생각했는데 슬이가 바르는 그것은 한 가지가 아니다. 초록색도 있고 때로는 검정색까지 등장한다. 이런 걸 보면 슬이란 아이는 또 실험적이고 과감한 성격의 소유자라는 걸 짐작하게 한다.

"예슬 씨. 창밖에 흰 구름이 좋네요. 흰 구름 좀 보아요."
그때만 해도 대놓고 슬이한테 반말을 하거나 스스럼없이 이야기할 수 있던 때가 아니었다. 꼬박꼬박 존댓말을 사용했으며 이야기를 꺼내는 것도 조심스러웠던 때다. 둘이서만 자동차를 타고 가는 무료한 시간을 메꾸기 위해 무슨 말이건 해야 했기에 꺼낸 말이 흰 구름에 대한 이야기였다. 자동차를 타고 가는 제민천 길 옆 하늘 가득 여름날 오후의 흰 구름이 피어 올라있었던 것이다.

그렇다, 흰 구름. 흰 구름은 청소년 시절 이래 내가 제일로 좋아했던 자연물이다. 얼마나 나는 오래 동안 흰 구름을 바라보며 한숨 지으며 외롭거나 고달픈 마음을 위로받을 수 있었던가. 흰 구름이야 말로 즐겨 내 마음의 애인이었으며 나의 길벗, 내 누이였으며, 내 마음의 안식이었으며 내 마음의 동경과 그리움, 고향, 그 모든 것의 대명사로서의 흰 구름이기도 하다.

"전 흰 구름 같은 데는 관심이 없어요."

한참 동안 뜸을 들이고 나서 돌아온 슬이의 대답이다. 예상 밖의 답변. 그래?

"그럼 예슬 씨는 뭐가 관심 있는데?"

"저는 자동차나 집 같은 것에 관심이 많아요."

이번엔 의외로 빨리 나온 대답.

"그렇게 큰 것에 관심이 많으면 살아가는 일이 고달플 텐데……."

"그래도 전 나름대로 잘 살아 갈 수 있어요."

들을수록 재치있고 재미있는 말투다. 그렇게 슬이는 맹랑하고 통통 튀는 아가씨. 겉으로 보기보다는 내면이 더욱 화려하고 옹골차고 차분하고 다부진 면이 있다. 우리의 이야기는 더 이상 발전하지 못하고 그쯤에서 멈춘다. 어쩌다 궁금한 것을 물으면 슬이는 '예, 아니오.'로만 대답하기 때문에.

며칠 전까지만 해도 길게 늘어뜨렸던 머리칼이 오늘은 도르르 묶여 뒤통수에 묶여있다. 조그만 공 같다. 더운 날씨 탓일 것이다. 여자는 이렇게 머리칼만 다르게 해도 영판 다른 사람처럼 보인다. 매우 낯설게 보이고 새롭게 보인다. 그런 면에서 또 슬이는 재주가 많고 변화를 좋아하는 아이다. 겉으로 차분하고 말이 없고 조용한 것 같지만 속으로는 변화를 좋아하는 성격임을 짐작하게 한다.

자동차가 움직이고 슬이가 움직일 때마다 슬이의 머리칼이 가늘게 떨린다. 뒤통수에 공 모양으로 매단 머리 뭉치도 조그맣게 흔들린다. 뒤에서 바라보는 턱선이 참 이쁘다. 둥그스름한 것이 아직 애기의 그것같이 포동포동하다. 핸들을 잡고 운전하는 조그만 손이 통통하니 앙증맞다. 백미러에 들어있는 이마와 가늘게 휘어지긴 했지만 눈매가 매우 곱고도 맑다. 그냥 귀엽다. 이런 때는 귀엽다는 말밖에는 달리 할 말이 없다.

비밀일기

나는 흰 구름에 관심이 많은 사람이라고
말을 했다

너는 자동차나 집에 더 관심이 많은 사람이라고
말을 받았다

그러면 사는 일이 고달플 텐데……
그래도 제 분수껏 잘 살아요

활짝 웃으며 대답하는 너의 얼굴이
더욱 예뻐 보였다.

네 번째 이야기 *아침에 걸려온 전화*

언제든 이른 아침시간에 걸려오는 전화는 불안하다. 덜컥 겁이 나기도 한다. 무슨 급한 용무를 담든지 불길한 내용을 품고 있기 마련이다. 따르릉. 그날 아침에도 아주 이른 시각은 아니지만 아침에 전화가 왔다. 여간한 일로는 집으로 전화하지 않는 슬이의 목소리였다.

"원장님…… 원장님……"
전화기 속의 슬이는 말을 잇지 못하고 있었다. 대뜸 흐느껴 우는 울음소리가 전해져 왔다.
"왜 그래요, 예슬 씨. 말을 해봐요, 말을."
다그쳐 물어도 한참동안 슬이는 말을 잇지 못했다.
"아버지가요, 아버지가 쓰러지셨어요."
"그래요? 지금 어딘데요?"

"예, 지금 의료원에서 안 된다고 그래서 대전의 대학병원으로 가고 있는 중이에요."

"알았어요. 대학병원, 어느 대학병원이에요?"

"충대병원으로 간대요."

슬이의 아버지는 51세. 나보다 14년이나 나이가 아래인 사람. 시골서 농사일도 하고 건축 사업도 하는 분인데 아침 일찍 밭으로 일하러 나갔다가 쓰러졌다고 한다. 병명은 뇌출혈. 재빨리 손을 써야만 하는 병이었다. 그런데 야외에서 일을 당한 환자를 발견하는 시간이 늦었고 병원으로 옮기는 시간이 늦었다. 게다가 평소 혈전용해제로 복용한 아스피린이 문제가 되었다. 아스피린은 대개 시골병원 의사들이 고지혈증 개선제로 처방해주는 약인데 이것이 또 치명적인 문제를 일으키기도 한다. 혈액 응고를 억제하여 수술이나 급한 처방을 못하도록 방해하는 역할을 하는 것이다.

그것은 슬이 아버지의 경우도 마찬가지였다. 애당초 대뇌부분의 혈관 하나가 터져 작은 출혈이 생겼는데 그것이 점점 번져 머릿속을 꽉 채우고 만 것이다. 대학병원에 갔을 때는 이미 손을 쓸 수 없는 상태였고 아스피린 성분까지 혈액에 남아 있어 아무런 외과적 처치도 하지 못하고 그냥 중환자실에 누워 있는 환자가 되어야만 했다.

급히 출근하여 대충 사무실 일을 살피고 병원에 이르러 상황을 알았을 때는 모든 것들이 절망적인 상태였다. 병원 복도에 마련된 휴게실에 슬이는 자기 어머니와 함께 있었다. 키도 작고 몸집도 작은 슬이는 충격을 받아서 그런지 너무나 초라한 모습을 하고 있었다. 화장을 하지 않은 얼굴이 핏기조차 없어 정말 슬인지 딴 사람인지 분간이 가지 않을 지경이었다. 슬이 어머니는 아직 젊고 고운 여인네였다. 이대로 남편을 잃고 홀몸으로 살기에는 너무나 아까운 나이였다.

아, 이 두 사람의 여인들을 어찌할 것인가! 가슴이 찌릿하도록 저려왔다. 슬이 어머니는 숫스러운 줄도 모르고 덥석 내 손을 잡으며 울먹였다.

"원장님, 감사합니다."

천천히 이어지는 말은 차라리 언어가 아니라 울음소리 그것이었다. 평소에도 말의 텃수가 적은 슬이는 숫제 말을 할 줄 모르는 사람처럼 입을 다물고 있었다. 꽉 다문 붉은 입술이 주름져 있는 게 더욱 아파 보였다.

"예슬 씨, 힘을 내요. 무슨 수를 쓰든지 큰 병원에 왔으니 아버지는 좋아질 거예요. 내가 또 그렇게 다들 죽는 사람이라 그랬지만 살아났잖아요."

스스로도 믿기지 않고 자신이 없으면서도 나는 의도적인 거짓말을 하고 있었다. 슬이와 슬이 어머니는 나를 바라다보았다. 내 말에 무슨 희망의 꼬투리라도 발견하려는 듯한 눈초리여서 나는 그녀들의 눈을 계속해서 바라볼 수가 없었다.

나는 스스로 겪어봐서 누구보다도 잘 안다. 병원 생활의 막막함. 환자나 보호자나 그 어디에도 기댈 곳이 없는 헛헛함. 지푸라기 하나라도 붙잡고 싶은 심정. 그야말로 병원은 하나의 커다란 바다나 강물 같았다. 다섯 달 반이나 두 군데 종합병원을 옮겨 다니면서 의사들로부터 도저히 살아날 수 없는 환자란 말을 수도 없이 많이 들어본 처지가 아니던가. 그것은 목숨을 통째로 드러내놓고 떠내려가는 거센 물줄기의 소용돌이 같은 것이었다. 바로 그것이 병원생활이다.

환자는 또 중환자실에서 얼마나 깜깜하고 안타깝고 답답할 것인가. 사람이 혼수상태라 그러지만 그 사람의 영혼까지 죽은 것은 아니고 사라진 것도 아니기 때문에 분명 그 시간에도 영혼만은 어디엔가 사로잡힌 존재가 되어 생자들을 바라다보기도 하고 세상을 건너다보기도 할 것이다. 보호자들 또한 자신이 지닌 모든 정신력을 동원하여 기를 쓰면서 환자와 더불어 버티기 마련이다.

그리고서는 지루한 날들이 이어지고 또 이어졌다. 보름쯤은 족히 흘렀을 것이다. 병원 쪽에서는 아무런 좋은 소식도 전해져 오지 않았다. 이런 경우 기적적으로 회생한다 해도 정상적인 생활을 하는 사람으로 돌아가기는 어렵다. 결국 중풍환자로 여생을 보내든지 식물인간이 되든지 그 둘 가운데 하나가 된다. 그러느니 가족을 위해서는 아까운 나이긴 하지만 이만큼에서 세상을 뜨는 것이 좋겠다는 것이 또 주변 사람들의 입방아였다.

결국은 모든 일정이 그렇게 끝나버렸다. 바깥사람들이 짐작하고 생각했던 것처럼 슬이와 슬이 어머니의 병원생활은 보름을 넘기지 못했다. 세상을 뜬 슬이 아버지는 공주의 금강 변한 장례식장으로 옮겨서 호상소를 차렸다. 대개의 상례는 삼일장. 슬이 아버지도 그 삼일장을 치렀다.

슬이는 돌아간 아버지와 자기가 판박이로 닮은꼴이라는 말을 자주 했다. 그래서 아버지와 아주 친한 사이라 했다. 기질도 비슷해서 어려서부터 잘 어울리는 이야기 상대요 친구라 했다. 아버지와 딸이라는 사람들이 그렇다. 처음부터 친하게 되어 있다. 세상의 아버지들은 자기의 딸한테서 젊은 시절의 자기 아내의 모습을 발견하기도 하고 세상에는 없는 가장 어여쁜 여성의 혼을 동경하도록 되어 있다. 아버지에게 그만큼 딸은 사랑스럽고 소중한 존재이며 딸에게 있어서도 아버지는 세상에서 가장 미덥고 고맙고 든든한 마음의 버팀목이 되는 첫 남성인 것이다.

그런데 그러한 아버지를 잃었다! 기우뚱 무너지는 마음이었을 것이고 몸이었을 것이다. 집안의 기둥이었으며 어머니의 남편이었던 아버지. 아버지란 사람은 평상시엔 별로 존재감이 없는 사람이다. 집안 구석 어딘가에 묵묵히 있는 사람. 그저 벽걸이같이 장롱짝같이 당연히 그 자리에 있어 든든한 사람. 그러나 아버지는 위기상황 긴급사태에서 필요한 사람이다. 중요한 일을 만나 결단을 해주고 선도해주는 사람이 아버지다. 그런데 그런 아버지가 바로 없어진 것이다. 아버지가 없는 상태가 바로 위기상황이 된 것이다. 그런 아버지를 잃은 가족들은 살 길이 막막했을 것이다. 하늘이 깜깜해졌을 것이다. 어디에도 살아갈 의욕이 남아 있지 않았을 것이다.

다시금 장례식장을 찾았을 때 모든 일들은 또 거짓말처럼 가지런해진 채로 기정사실화되어 있었다. 몇 사람들은 검은 상복차림으로 서 있었고 많은 사람들이 웅성대면서 바쁘게 왔다갔다했다. 마치 무슨 연극 같은 데에서 자기에게 주어진 배역을 충실히 연기하는 사람들처럼 그렇게 열심히 자기 역할을 하고 있었다. 물론 슬이의 배역은 아버지 잃은 어린 딸아이의 소임이다. 이런 점에서 우리네 인생을 기획하고 연출하는 쪽은 신이고 우리는 다만 그 주어진 배역에만 충실한 소도구가 아닌가 하는 생각이 든다. 그것이 또 우리네 인생이 아닌가, 그런 의문이 들 때도 있다.

실내는 소란스러웠다. 어디에도 비통함 같은 것은 없었다. 큰 소리로 떠드는 사람들. 더러는 웃으며 대화하는 사람들. 다만 가족들만 힘에 부치고 서러워하는 것 같았다. 이런 경우, 나는 그 무거운 분위기가 힘겹고 부담스러워 될수록 빨리 상가를 물러나오고 마는 버릇이 있다. 이것도 하나의 이기심이겠지만 어쩔 수 없는 일이다. 그러나 슬이 아버지 상가이고 보니 그럴 수도 없는 일이어서 많이는 멈칫거리고 있었다.

슬이는 넓은 홀의 한 구석에서 울고 있었다. 그 모습이 정말로 다 자라지 못한 아이만 같았다. 왜소한 체구인데다가 검정 치마저고리를 입혀 놓으니 더욱 볼품없고 왜소해 보였다. 아, 이 아이를 어찌해야만 하나! 그러나 어찌하겠다는 말이 나오지 않았다. 이렇게 가여운 처녀아이가 아버지를 잃고 말았다! 앞으로 살아가면서 아버지가 필요한 날들이 많고 많을 텐데 그 많은 날들을 어떻게 견딜 것인가.

그것은 참 나도 어쩔 수 없는 마음이었다. '내 마음 나도 모르겠다.'는 말이 있기도 하지만 정말로 그 마음은 나도 모르겠는 마음이고 어쩔 수 없는 마음이었다. 마치 슬이가 내 딸인 것처럼 생각이 되었다. 그것은 착각을 넘어서 정말로 그런 마음이었다. 차라리 슬이를 앞으로 내 딸처럼 여기고 아껴야겠다는 부질없는 다짐 같은 것이 일어나고 있었다.

"예슬 씨, 너무 슬퍼하지 말아요."

그것은 너무나 상투적인 위로의 언사. 충분히 유행가 가사에나 나올 법한 언어구조였다. 그러나 나로서는 그 말밖에는 다른 말을 준비할 수가 없었다. 나는 주머니에서 따로 마련한 돈 봉투를 슬이의 손에 쥐어 주었다. 그것은 부의함에 넣은 공식적인 돈 봉투 밖으로 내가 따로 장만한 것이었다. 그렇게라도 하지 않으면 내 마음이 편치 않을 것 같아서였다. 슬이는 내가 준 봉투를 검정색 상복치마를 걷어 올리더니 안에 입은 바지 주머니에 찔러 넣었다. 그 모습이 꼭 어렸을 때 시골 장마당에서 보았던 할머니들의 그것만 같아 다시 한 번 눈물겨웠다. 아, 이 가여운 사람아! 다시금 안타깝고 막막하고 안쓰러운 마음, 그 무엇으로도 채워지지 않는 마음이 나로 하여금 슬이를 안아주게 만들었다.

조그만 아이, 조그만 처녀, 아버지 잃은 딸, 울고 있는 딸. 나의 가슴은 거센 바람이 숭숭 쓸고 지나가는 빈 들판이 되었다. 뻥 뚫린 빈 하늘이 되었다. 그러한 내게로 슬이는 살그머니 제 몸을 기울여

왔다. 매우 부드럽고 그윽한 수풀이었다. 아담하지만 많은 사연을 숨기고 있는 아기자기한 하나의 세계였다. 순결한 비밀의 궁전이었다. 나는 손을 얹어 슬이의 머리칼을 가만가만 쓸어주었다. 치렁한 머리칼. 잦아들어 차마 흔들리지도 못하는 기인 머리칼. 그 날 슬이의 머리칼에서는 무슨 냄새가 났던 것일까? 비릿한 바다 비린내 같은 것이라도 나지 않았을까? 해초냄새 미역냄새라도 나지 않았을까? 차마 슬이는 울지도 못하고 있었다. 다만 작은 흐느낌이 오래 오래 이어지고 이어졌을 뿐이다.

여기 자그만 새 한 마리가 내 가슴에 안겨 있다. 길 잃고 지친 새다. 상처 입은 새다. 이 안쓰러운 새 한 마리를 어찌할 것인가! 나는 어찌하면 좋단 말인가? 슬이는 다시 한 번 이렇게 나에게 행운과 축복을 주면서 형벌과 불행의 원천을 제공하는 사람으로 태어나고야 말았다. 그것은 정말로 한 동안 내 힘으로는 풀기 힘겨운 인생의 난제였고 한동안 삶의 과제일 수밖에 없었다.

못난이 인형

못나서 오히려 귀엽구나
작은 눈 찌푸러진 얼굴

에게게 금방이라도 울음보
터뜨릴 것 같네

그래도 사랑한다 애야
너를 사랑한다.

여섯 번째 이야기 *잔인한 봄*

4월은 가장 잔인한 달,

죽은 땅에서 라일락을 키워내고,

기억과 욕망을 뒤섞으며,

봄비로 잠든 뿌리를 뒤흔든다.

차라리 겨울은 우리를 따뜻하게 했었다.

— T. S. 엘리엇, 「황무지」 첫 구절

　　젊은 시절엔 나도 몰랐던 일이다. 4월이 잔인한 달이라니? 만물이 소생하는 계절이 4월이요 추웠던 공기가 풀려서 따스하고 부드러운 바람이 부는 계절이 4월이요 모든 풀이며 나무들의 새싹이 나고 꽃이 피어나는 계절이 4월인데 그 4월이 잔인한 달이라니? 어찌 자애롭고 아름답고 순한 봄철이 잔인한 계절로 바뀔 수 있었더란 말인가.

이거야 말로 거대한 음모요 모순이다. 살아가면서 조금씩 알아지는 숨어있는 진실이다. 비밀이다. 봄은, 4월은 좋은 것, 아름다운 것, 편안한 것들만 우리에게 데려오지 않는다. 반대급부로 무서운 재앙이나 슬픔이며 절망까지도 데불고 온다. 밝고 환하고 빛나는 면이 4월의 앞 얼굴이라면 어둡고 무섭고 일그러진 면은 또 그의 뒤통수인 셈이다.

실로 인간에게든 자연에게든 4월은 무언가를 시작하게 하는 달이다. 길을 뜨도록 출발을 재촉하는 달이다. 그러므로 4월에는 새로움이 있고 탄생이 있고 혁신이 있다. 희망이 있고 환희가 있고 명랑이 있다. 그러나 4월은 우리에게 비싼 보상을 요구하기도 한다. 아픔을 요구하고 슬픔을 요구하기도 한다. 끝내 그것은 절망의 뜨락으로 데리고 가기도 한다. 세상 만물에는 명암이 있듯이 4월에게도 명암이 있는데 우리는 그동안 그 밝은 면만을 애써 보려고 노력했던 것이다. 4월의 진면목을 일부러 보지 않으려 회피하면서 살아왔던 것이다. 이때껏 우리가 알아왔던 4월은 굴절된 4월이요 오해된 4월일 뿐이다.

4월은 봄의 대표가 되는 달. 언제나 봄은 공짜로 거저 오지 않는다. 조용하게 살금살금 오는 것 같지만 화려한 꽃과 부드러운 바람 속에 벼락을 숨기고 온다. 봄은 등 뒤에 엄청난 사건, 사람으로서는 감당할 길 없는 혁명 같은 것을 대동하고 온다. 차라리 소매 속에 비수를 숨기고 오는 봄이라 그럴까. 그것은 슬이에게도 마찬가지. 일생일대 가장 힘든 일이 봄에, 그것도 4월에 일어났던 것이다.

슬이 아버지가 산으로 가는 날은 4월 5일, 그 날은 식목일. 갠 날이지만 아직은 쌀쌀한 기운이 남아있는 날이었다. 그날 처음으로 찾아간 슬이네 집이었다. 슬이네 집은 공주시내에서도 한참 시골로 달려 조그만 산골 저수지 윗동네, 산기슭에 외따로 서있는 집이었다. 단층 슬라브지붕 양옥집. 슬이 아버지가 지은 집이라 했다. 슬이 아버지의 상여는 집 뒤의 공터에서 꾸며져 요령소리와 함께 집 안 마당과 집안을 한 바퀴 돌아 산으로 향했다. 멀리 가까이 산골 마을 사람들이 모두 쏟아져 나와 상여가 나가는 모습을 지켜보며 함께 슬퍼해주고 있었다.

예정된 장지는 슬이네 집 바로 앞 산, 마당에서 빤히 건너다보이는 자리였다. 일견 좋아보이기도 했고 짐스러워보이기도 했다. 산소가 저렇게 가깝고 눈앞에 환히 보이는 자리면 돌아간 사람 생각을 늘 하게 될 것이기 때문이다. 아버지 마지막 가는 길을 따라가는 슬이는 더더욱 초라하고 안쓰러운 모습이었다. 구겨질 대로 구겨진 얼굴. 눈물로 얼룩진 볼이며 눈. 어떠한 여자도 우아하게 우는 여자는 없다. 사람이 울 때는 그 본모습을 몽땅 드러내놓고 울게 마련이다.

가끔 우아하게 우는 사람들 사진이나 영상을 보지만 그것은 어디까지나 영화나 연극 같은 데에 나와서 우는 조작된 울음이거나 연기된 울음이다. 자각몽自覺夢처럼 충분히 자기가 운다는 사실을 알고 통제해가면서 우는 울음일 것이다. 슬이와 같이 졸지에 육친을 잃고 우는 사람의 울음이야 이에 비할 바가 아니다. 자기 자신을 송두리째 던져놓고 우는 울음이었다. 차라리 몸부림이었다. 까만 치마저고리를 입은 몇 사람의 여인들, 그러니까 슬이의 고모나 숙모처럼 보이는 젊은 아낙들과 헝클어져 우는 슬이의 모습은 그야말로 비에 젖은 새까만 새 한 마리처럼 초라하고 가엾기 짝이 없었다.

아버지 상을 치루고 슬이가 출근한 것은 그 다음 월요일. 많이 울고 부대껴서 그런지 얼굴이 샐쭉해 보였다. 그러나 사람이 많이 울고 깊은 슬픔에 잠기고 나면 훨씬 더 내면적 깊이를 갖게 되고 인간적으로 성숙하게 되어 있다. 외견상 깨끗하게 보이도록 되어 있다. 통상 중병을 앓고 난 뒤의 모습이 그러하고 누군가 중요한 사람을 잃고 난 뒤 남겨진 사람의 모습이 그러하다.

정말로 슬이의 모습이 그랬다. 맑은 물에 오래 담갔다가 건져낸 조약돌 같이 깨끗하고 산뜻한 모습이었다. 마치 산골마을 철렁한 우물에서 건져낸 조각달처럼 눈빛이 더욱 맑고 그윽하고 피부색까지 맑게 보였다. 처연한 모습이랄까. 사람이란 이렇게 무언가 소중한 사람을 잃거나 막중한 일을 겪고 나서야 겨우 이러한 모습에 이르게 된다. 이 또한 어쩔 수 없는 노릇이고 야속한 일이다. 하나의 시험과정이기도 하다. 슬이는 그렇게 그날 한결 성숙되고 완전하고 아름다운 모습으로 돌아왔다.

민낯

아버지 일찍
저 세상으로 보내고 며칠
다시 출근한 어린 딸
찬물에 씻어 처연한 눈빛
약간은 파래진 입술.

　　사람들은 누구나 자신만은 죽지 않는 사람일 것이라고 생각하며 산다. 영원히 살아있는 사람일 것이라 여긴다. 얼핏 자기와 죽음과는 무관하다고 생각하기 쉽다. 내일도 여전히 오늘처럼 강건한 목숨으로 자유롭게 살아갈 것이라고 믿는다. 그것은 나만 그런 것이 아니라 세상 모든 사람들이 그렇다.

　　그러나 그것은 어림없는 소망이고 허망한 바람일 뿐, 우리네 인간은 누구에게나 내일이 없다. 다만 신이 허락해주어야만 내일은 열린다. 있다면 다만 오늘이 있고 오늘 이 순간이 있을 따름이다. 내일은 철저히 미지의 영역이고 봉쇄된 신의 나라다. 그러므로 오늘 이 순간을 더욱 열심히 살아야 한다. 치열하게 살아야 한다. 최선에 최선을 다해서 살아야 한다. 무슨 일이든 정성껏 하면서 살아야 한다.

그것이 내일날 후회의 빌미를 준다 해도 어쩔 수 없는 일이다. 내일에 후회할 일이 없는 것보다는 후회하는 일이라도 만드는 편이 훨씬 낫다. 할 수만 있다면 죽을 둥 살 둥 살아야 한다. 내게는 내일이 허락되지 않았다고 여기면서 살아야 한다. 무슨 일이든 오늘의 일을 내일로 미뤄선 안 된다.

우리네 삶은 순간순간 사라지고 순간순간 존재한다. 더 이상은 없다. 그리운 장소, 추억의 길을 찾아 가 본다 해도 그것은 처음의 장소나 길이 아니고 그날의 모든 것들은 변해버린 뒤의 일일 것이다. 설령 그 모습 그대로 있다고 해도 그것은 이미 어제의 그대로가 아니다. 많이는 변한 것이고 멀리 떠나간 것들이다. 우리 자신이 먼저 시간의 강물을 타고 과거로부터 현재로 떠나온 나룻배 같은 존재들이다. 그러므로 우리네 삶이란 언제나 각박하기 마련이고 성급하기 마련이고 낯설기 마련이다. 또 진지할 수밖에는 없다.

생각해보면 하루하루가 기적이다. 자칫했으면 잃어버릴 수도 있는 시간들 속에서 만나는 한 사람 한 사람이 행운이다. 그렇다면 오늘 하루를 이 세상 첫날이자 마지막 날이라고 여기면서 살아야 할 일이다. 그래서 우리는 날마다 죽는 사람이 되어서 살 필요가 있다. 그런 뒤엔 날마다 새롭게 태어나는 사람으로 돌아올 수 있어야 한다. 내일이 있다고 믿는 것은 그 자체가 지극히 인간본위적인 발상이요 오만과 오해의 결과물이다.

모름지기 가을 낙엽처럼 살다가 세상을 떠나야 한다. 가을에, 그것도 늦은 가을에 떨어진 낙엽을 태워보면 고소한 냄새가 난다. 모든 에너지를 소모하고 세상을 버린 낙엽의 겸손함과 후회 없음이 느껴진다. 하나의 목숨의 향기다. 그럴 수 없이 상쾌한 가벼움이다. 그러나 여름날, 태풍으로 떨어진 푸른 나뭇잎을 모아서 태워보면 역겨운 냄새가 진동한다. 아직 충분히 살지 못한 목숨과 에너지가 남아 있어서 그렇다. 억울함과 원망이 남아서 더욱 그렇다.

소망이라면 나도 늙을 대로 늙어서 죽고 싶다. 내가 지닌 모든 슬픔과 그리움, 꿈과 증오들을 다 써먹은 뒤에 세상을 뜨고 싶다. 그것이 신에게 기도하는 바이고 인간으로서 최후까지 남은 소망이다. 중요한 것은 나에게 주어진 시간이다. 나에게 가장 어려운 일은 나의 시간을 남에게 주는 일이다. 나는 나의 시간을 나 자신을 위해서 사용하기에도 많이 부족한 사람이다. 그만큼 나의 시간, 즉 목숨을 소중히 여기는 사람이다. 어쩌면 그래서 지난번 죽을병에서도 기어코 살아나려고 했고 또 살아났는지 모른다. 그런 관점에서 슬이 아버지는 너무나 일찍 세상을 뜬 셈이다. 그래서 슬이네 가족에게 다량의 슬픔과 고난을 유산으로 남겨준 케이스다.

아버지를 잃고 슬퍼하는 슬이에게 나는 이 '내일은 없다.'라는 말을 자주 해주었다. 나도 병원에서 한 때 매우 어려운 환자였다는 것을 환기시켜주었다. 슬이도 나의 생각에 많은 공감을 표시했다. 이런 점에서 우리는 조금씩 감정적인 접근이 되었고 감정이입이 되어 갔다. 나의 생각이 슬이의 생각이고 슬이의 생각이 또 나의 생각이었다. 이런 점에서 슬이와 나는 파트너십이 열리고 있었다. 파트너십이란 어떤 문제를 두고 삼분의 이 정도 기본적으로 이해와 공감대를 가지고 일을 함께 해나가는 정신이나 자세를 말한다.

여기서 다시금 생각해볼 수 있는 것은 버킷리스트bucket list에 관한 것이다. 버킷리스트는 가까이로는 미국의 한 영화 제목으로 이야기된다. 병원에서 죽을병에 걸린 두 남정네가 의기투합하여 병원을 탈출, 이왕에 죽을 목숨이라면 죽기 전에 해보고 싶은 일들이나 실컷 해보고 죽자고 해서 벌이는 여러 가지 해프닝을 담은 영화다. 더 멀리로 이 말은 중세로 거슬러 올라가 '자살하는 사람이 양동이 위에 올라서서 밧줄로 목을 맨 뒤 밟고 서 있는 양동이를 발로 걸어차는Kick the Bucket 데'에서 유래되었다고도 한다.

유래야 어찌 되었든 우리가 살아가는 데 있어서 이 버킷리스트를 생각하는 일은 매우 유익한 삶을 살도록 해주는 촉매제가 된다. '나는 거기서 죽었어도 좋았을 것'이란 생각으로 나는 날마다 다급하고 안타깝다. 저녁 시간 밤이 깊어도 쉬이 잠들지 못한다. 그것은 피곤한 몸과는 별개의 문제다. 아무리 몸이 피곤해도 그럴 수가 없다. 정말 나에게 내일은 있을 것인가? 그래서 기도할 때도 하나님께 부탁을 드리곤 한다. '잠든 시간에도 잘 지켜주옵시고 내일 아침 잊지 마시고 꼭 깨워주옵소서.'

아버지 잃고 슬퍼하는 슬이가 결코 남 같지 않았다. 꼭 나의 어린 딸 같이만 느껴지고 내 자신 그녀의 아버지가 된 듯한 착각에 빠지기도 했다. 언제나 애처롭고 안쓰럽기만 한 슬이. 그 아이 모습이 그렇고 목소리 또한 그러했다. 실상 모든 사랑은 이 안쓰러움이나 애처로움에서 출발하는 게 아닌가 싶다. 나도 모르게 슬이를 보면 의무감 같은 것이 생겼다. 내가 보호해주지 않으면 안 되지 싶은 생각 말이다. 언제든 슬이를 보면 나는 풀잎처럼 쓰러지고만 싶은 마음에 많이 시달려야만 했다. 슬이를 걱정해주고 사랑해주는 것, 그것은 한동안 또 하나 나의 버킷리스트, '죽기 전에 꼭 해보고 싶은 것들'의 항목이 되었다.

지상천국

기필코 이 세상에서
천국을 보리라! 골똘히 생각하고 있을 때
네가 내 앞에 와서
웃어 주었다

그러나 그것이 끝내
또 다른 지옥인 줄을
나는 미처 알지 못한다.

여덟 번째 이야기 꽃을 훔치다

우리가 알고 있는 말 가운데 아름다운 말로는 어떤 것들이 있을까? 하늘, 새, 꽃, 땅, 강물, 사랑, 어머니, 마을, 바람, 구름, 샘물, 이슬, 별…… 참 아름다운 말들이고 가슴 따뜻한 말들이다. 이 가운데 꽃이란 말은 단연코 나에게 방점을 요구하는 말이다.

꽃은 식물의 극점이며 지상의 한 블랙홀 같은 것. 곤충들뿐만 아니라 사람의 눈길을 끌고 마음을 빨아들인다. 붙잡고 놓아주지 않는다. 길을 가거나 무료히 산길이나 들길을 서성이다가 꽃 한 송이를 발견했다고 하자. 아연 나의 눈은 긴장해지고 나의 발길은 멈추어지기 마련이다.

아, 꽃. 저기 꽃이 있었구나. 공기는 충만해지고 풍경은 탱탱해진다. 그것은 하나의 신비이고 무한한 동경이며 까마득 머나먼 꿈과 같다. 여지없이 나는 꽃을 보면 훔치고 싶어진다. 봄날에 아이들이 꽃을 보면 한 아름 꺾어 가슴에 안는 행위가 바로 그러한 심리일 텐데 나는 아이들과는 다른 방법으로 꽃을 훔친다.

사진을 찍는 방법이 바로 그것이다. 그러기 위해서는 휴대용 카메라를 필수품으로 지니고 다녀야 함을 물론이겠다. 마음에 드는 꽃, 새로운 꽃을 만나기만 하면 언제 어디서든 가방에서 사진기를 꺼내어 전원을 눌러 사진기를 살려낸 뒤 렌즈를 꽃에다 대고 시선을 맞춘다.

번번이 또 그건 이상한 일이기도 하다. 렌즈를 꽃에다 맞추기만 하면 바람이 불기 시작하는 것이다. 어, 바람이 부네! 언제부터 바람이 불었지? 꽃 사진 찍는 것을 바람이 훼방 놓는다고나 할까. 아니다. 바람은 진즉부터 불고 있었던 건데 꽃을 찍는 순간 바람이 불고 있다는 것을 깨닫게 되는 것이리라. 그만큼 사진기 렌즈를 통해서 보는 세상은 미세하다.

렌즈 안에 비쳐진 꽃이 바람에 날린다. 고개를 살래살래 흔들고 몸통을 흔든다. 그것은 꼭 사진 찍기 싫어하는 아이가 고개를 흔들고 머리를 흔들고 몸통까지 흔드는 것만 같다. 얘야, 좀 가만히 있거라. 조금만 참아다오. 사정을 하고 타일러도 영 말을 듣지 않는다. 매우 안타까운 노릇이다. 싫어요. 아저씨 싫단 말이에요.

이제는 어쩔 수 없는 일. 따로 방법이 없다. 억지로라도 그 애를 데리고 와야만 한다. 그 애를 훔쳐야만 한다. 카메라 렌즈 안에서 몸을 흔드는 꽃의 몸짓. 그보다 더 요염하고 귀여운 것은 있을 수 없다. 손끝이 바르르 떨린다. 아니다. 바르르 떠는 것은 꽃이다. 찰칵! 셔터를 누르는 순간, 아얏! 비명소리가 들린다. 꽃이 피를 흘릴 줄 아는 존재였다면 분명 피라도 흘렸으리라.

이렇게 해서 꽃은 사진기 안에서 원본으로 완성되고 실제의 꽃은 폐기되고 만다. 그렇게 사진 찍기는 무엇인가를 잘라오는 행위이고 훔쳐오는 행위이다. 횡포다. 심하게 말한다면 폭력행위에 버금가는 행위이다. 아, 그러나 꽃을 보기만 하면 사진을 찍고 싶어하는 인간의 끝없는 욕망을 무엇으로 설명할 수 있단 말인가!

제비꽃

감춰놓고 기르는
딸아이 보듯

너를 본다

봄은 왔느냐?
또다시 통곡처럼
봄은 오고야 말았느냐?

어미 잃은
딸아이 보듯

숨어서 너를 본다.

　　　컴퓨터 외장하드에 보관되어 있는 사진파일을 열
어보니 내가 슬이의 사진을 처음 찍은 것은 2009년 8월 5일로 기록
되어 있다. 공주시내의 박물관을 취재하러 갔을 때이다. 슬이는 깜
장색 반소매 티셔츠에 백색 무명천 가디건을 걸치고 청바지에다가
새하얀 여름구두를 신고 있었다. 길다란 검은 머리 안에 수줍고도
어린 얼굴이 얼마나 이쁘고 귀여운지 모른다. 아직 젖살이 빠지지
않은 오동통하고 동그스름한 얼굴이다. 밝고도 조심스런 눈초리
다. 만난 지 한 달을 겨우 넘겼을까 말까 한 시기였기 때문에 슬이
도 조심스러웠고 나도 조심스럽기는 마찬가지였다. 슬이는 취재거
리를 사진기에 담고 있었고 나는 그런 슬이를 나의 사진기에 담고
있었다.

　　그 다음에 사진을 찍은 건 9월 3일. 그로부터 한 달쯤 뒤의 일이

다. 그날도 슬이는 비슷한 차림을 하고 나왔는데 계룡산 기슭에 있는 수정식당이란 데를 취재하고 돌아오는 길에 계룡산 전경을 찍어보려고 계룡저수지 가에 슬이의 차를 세우고 사진을 찍을 때였다. 계룡산 사진을 몇 장 찍은 뒤 나는 슬이를 계룡산과 저수지를 배경삼아 세워놓고 사진을 찍었는데 그날은 약간의 실랑이가 있었던 기억이다. 슬이가 사진 찍기를 꺼려했던 것이다. 그러나 슬이는 나이 먹은 사람의 고집에 선심 쓰고 져 주겠다고 작심이라도 한 듯 싫은 내색 없이 미소 짓는 표정으로 포즈를 잡아주었다. 그 사진을 찍고 나서 나는 어이없게도 아, 이 아이가 나에게 약간의 신뢰와 호감을 갖고 있구나, 그런 가능성을 점치기도 했었다.

그 다음으로 사진을 찍게 된 것은 다시 한 달 뒤쯤인 10월 16일. 그것은 백제문화제가 열리는 기간의 금강 위에서였다. 백제문화제는 공주에서 열리는 역사 깊은 문화제이다. 나로서는 오래 동안 보아온 문화제라서 특별한 느낌이 있었다. 그러나 하마터면 보지 못할 뻔한 문화제를 다시 본다 싶으니 감개무량한 심정이었다. 병원에 머물며 병치레를 한 것이 용케 봄부터 여름까지였으므로 가을에 열리는 축제를 볼 수 있게 된 것이다. 아, 거기에도 감탄사가 따랐을 것이다. 연구원 직원들과 어울려 저녁식사를 하고 공산성 지역을 거쳐 금강에 놓인 부교를 건너기로 했다. 이미 날은 저물어 어두워진 시각이었다.

아직 몸이 부실하던 때라 발걸음이 자꾸만 허뚱거렸다. 그렇지만 기분은 좋았다. 가을강물 위를 스쳐온 밤바람이 제법 차가워 양복 저고리 단추를 여미고 머플러를 다시 감았지만 여전히 기분은 상쾌하고 좋았다. 공산성 공북루에서부터 강 건너 둔치공원까지 부교가 길게 놓여 있었고 그 위로 매여진 줄을 따라 사각형 등불이 어둠을 밝히고 있었다. 강물에 비친 불빛과 사람의 그림자가 여릿여릿 어울려 흔들리는 것이 마치 꿈결 속만 같았다. 강물 위에는 또 유등, 그러니까 여러 가지 모형으로 만들어진 커다란 등들이 떠 있었는데 그들도 자기들만의 이야기가 있다는 듯 열심히 불빛을 비추고 있었다.

우리는 부교를 건너다가 중간쯤에 마련된 휴게시설이 있는 곳에서 발길을 멈추고 등불 구경도 하면서 사진을 찍었다. 물론 사진은 내 사진기로 찍었다. 마치 딴 세상에라도 온 듯 황홀한 느낌이 들었다. 슬이와 함께 다른 여자직원들 사진을 찍었지만 나는 슬이 혼자만의 사진도 여러 장 찍었다. 슬이는 나와도 사진을 찍었다. 높게 내걸린 네모진 축제용 등불 빛 아래 환하게 웃고 있는 슬이. 슬이는 그날 밤 브라운 톤의 의상이었다. 티셔츠도 가디건도 바지도 브라운 계통인데 그것은 따뜻하고 부드럽고 정겨운 동색대비의 어울림이었다. 새로 산 옷인 듯싶었다.

그날 슬이는 너무나도 귀엽고 사랑스런 모습으로 내 앞에 있었다. 사진기 앞에서 작은 눈을 크게 보이려고 억지로 크게 뜨고 있는 슬이가 더 귀여웠다. 귀에는 나비모양의 황금빛 귀걸이가 긴 줄에 매달려 팔랑거리고 있었다. 마치 그 나비모양의 귀걸이가 슬이처럼 귀엽고 사랑스러웠다고나 할까. 너무나도 안쓰러운 저 아이. 아, 저 귀여운 아이. 저 아이를 나는 어찌하면 좋단 말인가! 어리고 조그만 여자 아이 앞에서 다시금 철부지 소년으로 돌아가고 싶어하는 나의 마음을 또 나는 어찌하면 좋단 말인가! 아무리 보아도 예쁘지 않은데 예쁘게 보이는 건 결국은 하나의 심리적 요인이라 할 밖에는 없는 일이다.

사진이란 게 참 묘한 구석이 있다. 순간의 영상을 남기는 것이 사진이지만 사진을 통해서 보면 무심히 보아 넘기던 것도 유심하게 보이고 아름답지 않은 것조차 아름답게 보이는 경우가 많다. 지금껏 잘못 알고 있던 것을 제대로 알기도 하고 희미하게 알고 있던 것을 좀 더 확실히 알게 되기도 한다. 하나의 발견이다. 그러면서 사진에 담겨진 인물이나 사물에 대해서 더욱 큰 관심을 갖게 되고 끝내는 사랑하게도 된다. 이는 또 그림을 그리는 경우도 마찬가지다.

평소 나는 풀꽃 그림 그리는 일을 즐겨 하는데 풀꽃 그림을 그리다 보면 우선 그리는 대상인 풀꽃에 대해 새로운 인식을 갖도록 되어 있다. 그 생김새나 색깔이나 꽃에서 번지는 느낌까지를 잘 알게된다. 그것은 관념으로 알던 풀꽃의 모습이 아니다. 아주 생생한 풀꽃의 모습이다. 그리하여 끝내는 풀꽃을 사랑하는 마음에 이르기까지 한다. 이는 흔히 남성 화가들이 여인을 모델로 삼아 그림을 그리다가 마침내 그 여인을 사랑하는 사람으로 받아들이는 경우와 같다 하겠다.

이름을 알고 나면 이웃이 되고
색깔을 알고 나면 친구가 되고
모양까지 알고 나면 연인이 된다
아, 이것은 비밀.

— 「풀꽃 · 2」 전문

처음엔 귀엽다는 생각에서 슬이의 사진을 찍기 시작했을 것이다. 그러나 슬이를 모델로 해서 사진 찍는 일은 점점 나에게 관성으로 작용했다. 일단 슬이만 보면 사진을 찍고 싶어지는 마음이 생겼다. 슬이가 새로운 옷을 입고 왔다거나 머리모양을 바꾸었다든다 하면 여지없이 사진을 찍고 싶은 마음이 생기곤 했다. 누군가한테 사진 찍히기를 좋아하는 여성은 없다. 그것은 슬이도 마찬가지. 다만 슬이는 나에 대한 어른 대접으로 못 이기는 척 나의 사진 찍기에 응해주고 있을 뿐이었다.

얼마나 여러 차례 얼마나 많은 사진을 찍었는지 모른다. 이것도 사실 생각해보면 슬이한테 미안스런 일이다. 카메라로 들여다보면 육안으로 볼 때보다 대상이 잘 보이고 무언가 다른 면이 보인다. 미세한 모습이 보이는 것은 물론이고 숨겨진 모습이 보이고 내면이나 표정까지도 읽을 수 있다. 어쩌면 이런 점에서 끌리고 또 끌렸는지도 모르는 일이다. 허지만 사진 찍히는 당사자로서는 자신의 비밀한 부분까지 들키는 것 같아 그다지 내키지 않는 일이었을 법하다.

언제나 슬이가 나의 사진 찍기에 협조적이었던 건 아니다. 어떤 때는 매우 매몰차게 거절을 했다. 심할 때는 긴 머리칼을 늘어뜨린 채 얼굴조차 보여주지 않는다. 나중에는 화를 내며 항의하기까지 한다. 지금까지 슬이와의 트러블이 있었다면 그것은 모두가 이 사진 찍기 과정에서 생긴 일들이다. 일단 한번 거부하면 그날은 안 된다. 그런 때는 잠시 깊은 불행감과 참담함에 빠지기도 한다.

생각해보면 무리가 없었던 것이 아니다. 쌍방이 아니고 일방이었던 구석이 없지 않다. 슬이의 입장이나 감정 상태 같은 건 전혀 고려하지 않는 한쪽의 이기심과 자기만족만을 위한 행위가 아니었던지 염려되기도 한다. 마치 슬이를 생각조차 없는 화분의 꽃처럼 여기면서 사진을 찍었던 게 아닌가, 생각되기도 한다. 이런 점에서 슬이에게 여간 미안한 일이 아니다. 슬이 앞에서 나는 늘 떼를 쓰며

졸라대는 한 아이와 같았다.

"원장님은 다 좋은데 사진을 자주 찍는 점이 나빠요."
"원장님 때문에 옷도 제대로 못 입겠어요."
"원장님은 자기만 행복하려고 사진을 찍어요. 상대방이 불행하다는 것을 몰라요."
슬이의 불평이자 평가의 말이다. 슬이는 이렇게 똑똑하고 야무진 아이다. 실상 카메라로 사진을 찍는다는 것은 대상을 훔치는 일이다. 대상의 표정이나 내면까지도 훔치는 일이다. 무서운 일이기도 하다.

이것도 하나의 소유욕의 발로이다. 슬이를 보고 싶어하는 마음에서 나온 행위요 슬이를 소유하고 싶어하는 마음이 시키는 일이다. 병이라면 병이고 뿌리치기 어려운 유혹이라면 또 그렇다. 그런데 문제는 슬이의 사진을 찍으면 찍을수록 더욱 사진을 찍고 싶다는 점이다. 그것은 또 영혼의 한 갈증 같은 것. 마음의 허기 같은 것. 그런 의미에서 그것은 또 채워도 채워도 채워지지 않는 그 어떤 미달감 같은 것인지도 모르겠다.

'슬아, 미안하다. 너를 너무 자주 내 사진기에 담아서 미안하다. 너를 자주 훔쳐서 미안하다.'

이렇게 한 장 한 장 슬이의 모습을 사진기로 옮겨오면서 나 자신 점점 슬이의 내면 깊숙이 빠져들고 있다는 걸 깨닫지 못하고 있었다. 이것도 참 큰 어리석음이라면 어리석음이겠다.

사진을 자주 찍다

내 눈빛이 닿으면
너는 살아서 헤엄치는
물고기

좋아요 좋아요
물을 거슬러
이리로 오기도 하고

싫어요 참말 싫어요
물길을 따라서
도망치기도 한다

오, 눈부신 은빛
파들파들 햇빛 속에

몸을 뒤채는 비늘이여
지느러미여.

열한 번째 이야기 이런 느낌표

언제든 슬이를 보면 느낌표가 있다. 섬칫, 제자리에 불러 세우는 소스라친 마음. 멍울이 만들어지는 마음. 약간의 보랏빛이 번진다 그럴까. 그냥 귀엽다! 예쁘다! 안쓰럽다! 사랑스럽다!

목소리를 들어도 느낌표는 온다. 맑고 깨끗하다! 가련하다! 섭섭하다! 가냘프다! 또 듣고 싶다! 이건 도대체 어디서부터 오는 것들인가? 보고 싶다! 그립다! 또 그런 느낌표.

슬아. 네 이름을 입으로 가만히 불러 보거나 글자로 쓰여진 것을 보아도 느낌표는 온다. 정답다! 반갑다! 좋다! 아, 그런 느낌표. 이것은 축복이다. 고통이면서 행복이다.

살아있다. 아 나는 오늘도 살아있다. 그 확인이요 증거다. 내가 오늘도 살아서 숨 쉬는 사람이기에 이런 느낌표를 갖는 것이요 고통을 느끼는 것이요 행복 또한 이야기할 수 있는 것이다.

슬이는 나에게 늘 삶을 각성케 한다. 너는 살아있다, 너는 지금도 살아서 숨을 쉬는 사람이다, 그렇게 일러주는 각성제이다. 슬이는 순간순간 나에게 삶의 기쁨을 주고 삶의 의미를 부여해준다. 그러므로 슬이는 나에게 삶 그 자체다.

사랑한다. 오늘도 나는 슬이를 사랑한다. 나에게 사랑하는 이쁜 아이가 있다. 이것은 놀라운 감사요 기쁨이요 보람이다. 생의 존재 이유이다.

별·2

제비꽃 같이
꽃다지 같이

작고도 못생긴
아이

왜 거기
있는 거냐?

왜 거기 울먹울먹
그러고 있는 거냐?

열두 번째 이야기 멀리까지 가다

결코 흐린 날이 아니다. 비가 오거나 눈이 오는 날
도 아니다. 하늘이 맑게 개이고 햇빛이 고운 날. 바람이라도 불면
나는 멀리 멀리까지 가보고 싶어진다. 마음이 먼저 멀리 떠나가 손
짓하며 몸을 부른다. 떠나간 마음은 산이 되고 숲이 되고 강물이 되
고 나무나 풀꽃이 되어 나를 기다린다. 끝내는 흰 구름 되어 손 까
불러 나를 오라고 한다.

슬이와 함께라면 더욱 멀리까지 가고 싶었다. 멀리까지, 낯선 땅
먼 장소까지 데리고 가고 싶은 사람이 있다면 그것은 바로 슬이다.
취재를 핑계 삼아 가까운 곳을 많이 다녀 보았다. 계룡산 기슭에 있
는 상신리 도예촌은 가장 많이 들락거린 장소의 하나. 그곳에만 가
면 나는 철없이 서둘고 허방지방 이리저리 내닫는 어린아이가 된
다. 그걸 모조리 눈 감고 보아준 사람은 또 슬이다.

슬이와 함께 가장 멀리 가본 곳은 대천해수욕장이고 그 옆 마을 오천항이다. 그날은 연구원 식구들과 함께였는데, 늦은 점심식사를 오천에서 하고 오천의 갈매못성지를 둘러본 일이 좋았으며 밤의 대천해수욕장 나들이가 참 좋았다. 그날 슬이가 얼마나 유쾌해했고 얼마나 당당해 보였는지 모른다. 갈매못성당으로 가는 나무 계단을 오르내리며 듣던 솔바람 소리를 잊을 수 없다. 그 솔바람 소리에 섞여 흩어지던 슬이의 웃음소리를 잊지 못한다. 저녁 햇빛에 어려 눈부시게 나부끼던 슬이의 긴 머리칼이 눈에 어린다. 지금도 나무 계단을 한 계단씩 또박또박 내려오던 하이힐 소리가 들리는 것 같다.

이미 해수욕 철이 지난 해수욕장에는 별로 사람들이 많지 않아서 좋았다. 낮 동안 덥혀진 바닷물에 맨발을 잠갔을 때 따스한 바닷물의 촉감이 얼마나 편안하고 좋았는지 모른다. 바닷물은 제 부드럽고 따스한 혓바닥으로 달려와 우리의 맨발을 쓰다듬어주고 또 쓰다듬어주고 그랬다. 그때 슬이는 경이랑 함께 하이힐을 벗어서 한 손에 들고 또 한 손으로는 아이스크림을 먹고 있었다. 커다란 파도, 밤 파도가 밀려오면 걷어올린 바지 가랑이가 젖을 까봐 종아리를 징검거리며 마치 커다란 새처럼 모래밭 쪽으로 종종걸음 치기도 했다. 그러면서 슬이는 하얀 이를 드러내놓고 웃었고 슬이가 웃을 때마다 바닷바람은 또 달려와 긴 머리칼을 날려주고 있었다.

슬아. 마치도 어린아이처럼 좋아하던 슬이 너의 모습을 어찌 잊을 수 있겠느냐. 너와 함께 깔깔대며 좋아하던 경이의 모습을 또 어찌 잊을 수가 있겠느냐. 그날 너의 벗은 종아리가 얼마나 이뻤는지 모른다. 그날 너의 조그만 발과 그 발에 매달린 조그만 발가락들이 얼마나 사랑스러웠는지 모른다. 뾰족하게 내밀고 아이스크림을 베어물던 너의 입술은 또 얼마나 더 이쁘고 사랑스러웠다고 말해야 좋을지 모르겠다. 밤을 새워 그곳에 머물고 싶었지만 시간에 쫓겨 돌아와야만 했던 그 아쉬움이 오래 가슴에 남는다.

그 다음으로 멀리까지 가본 것은 군산이다. 군산도 역시 바닷가. 그러고 보면 너와 함께 멀리 간 곳은 모두가 바닷가구나. 군산은 네가 대학생활을 한 도시라 그랬다. 그날은 마침 서천에서 문학 강연 행사가 있어 그 모임을 마치고 찾아간 길이었다. 물론 네가 운전하는 그 초록색 마티즈를 타고 갔었는데 다시금 너의 자동차 마티즈 신세를 진 셈이다. 군산 해안도로를 달린 다음 너는 자동차를 한적한 도로가에 세웠다.

자동차에서 내린 우리는 방파제가 있는 언덕으로 걸어갔었지. 언덕이 있는 데까지는 얼마간의 풀밭이 놓여 있었는데 그 풀밭을 걸어갈 때 너는 내 손을 잡아주었었다. 살짝 쥐어주는 조그맣고 보드라운 손. 어쩌면 그 것이 네가 맨 처음 내 손을 잡아준 때였을 것이다. 허지만 나는 오래 동안 네 손을 잡지 못하고 조금 뒤에 네 손을 풀어놓아주고 말았다. 누군가 보면 어쩌나, 그런 걱정에서 그랬을 것이다. 그러나 주변에는 우리들 말고 다른 사람은 아무도 없었다.

우리는 바닷가 방파제 위에 한동안 앉아 있었다. 별 말이 없었지. 특별한 화제가 없었던 것이다. 누군가가 지나가면서 우리 둘을 보았다면 늦둥이로 얻은 딸아이를 데리고 나이 든 아버지가 거기 앉아있구나, 그렇게 생각했을 것이다. 그런 때 내가 무슨 일을 할 수 있었겠니? 애꿎은 카메라나 또 꺼내어 너의 모습을 담을 수밖에는. 다른 날 같았으면 얼굴을 찡그리거나 소극적이었을 텐데 그날만은 슬이 너도 마음껏 사진을 찍도록 허락해주었다. 바닷바람에 날리는 기인 머리카락을 손으로 쓸면서 바다를 배경으로 서있는 슬이 너의 실루엣. 그것은 지금도 나의 기억 속에 지워지지 않는 매우 어여쁜 그림들이다.

어떤 흐린 날

어디 먼 나라에라도
여행 온 것 같아요

방파제 너머 찰싹이는 바닷물이
너의 말을 들었다

그래 그래 지금 우리는 지구라는 별로
여행을 온 거란다

발밑 바람에 흔들리는 개망초꽃이
나의 말에 귀 기울였다

나 떠난 뒤에 너라도 오래 살아
부디 나를 생각해다오

혼자서 중얼거리는 말을
너는 듣지 못했다.

열세 번째 이야기 차갑고도 조그만 손

시간은 실로 고마운 것이다. 슬픔이나 고통에 싸인 사람의 마음을 치유해주고 쓰다듬어주는 힘이 있다. 한동안 아버지를 잃고 힘들어 하던 슬이도 조금씩 마음의 안정을 찾아가는 것 같았다. 사무실에서 종알종알 경이랑 말도 잘하고 가끔은 웃는 얼굴도 보여주었다. 이런 슬이를 멀찍이 보면서 나는 불안한 마음을 가라앉히곤 했다.

"원장님, 어제 밤에는 아버지 꿈을 꾸었어요."
"무슨 꿈인데?"
"우리 집에서 아버지 산소가 건너다보이잖아요. 아버지 무덤을 보고 있는데 아버지가 환하게 웃으면서 손짓을 하고 계셨어요."
"그래? 거 참 좋은 꿈이네. 아버지가 이제는 좋은 곳으로 가셨나 보다."

"그러셨을까요?"

"그럼. 딸이 너무 슬퍼하고 마음 아파하면 아버지가 가고 싶은 곳으로 떠나지 못할 거야. 그러니까 이제는 즐겁게 마음 편히 지내는 것이 좋을 거야. 그것이 바로 아버지가 원하는 것일 거야. 그래서 웃는 얼굴을 꿈에 보여주었을 거야."

"네……."

대답하며 고개를 주억거리는 슬이의 얼굴이 한결 부드러워지면서 환해지고 있었다.

이야기를 마치고 슬이는 원장실 소파에서 일어났다. 나도 슬이를 따라서 일어났다. 아래층에 볼 일이 있었기 때문이다. 원장실 문을 나와 복도로 나가기 전에 있는 좁은 통로로 나갔다. 그것은 복도로 이어지는 또 다른 조그만 복도다. 원장실의 위치가 꼭 사도를 끼고 있는 단독주택 같았던 것이다. 나는 슬이보다 한발 앞으로 나갔다. 복도로 통하는 유리문을 열면서 나는 뒷짐을 진 채 한 손을 내밀었다. 마음으로는 슬이더러 그 손을 잡아달라는 뜻으로 그랬을 것이다.

왼손을 아래로 하고 오른손을 위로 했을 것이다. 그 오른손을 까불기라도 했을까? 아니면 흔들었을까? 순간 비어있는 손바닥에 살짝 얹혀지는 느낌이 있었다. 아, 슬이의 손이다! 부드러운 촉감. 쩌르르, 가슴의 작은 전구 하나에 불이 들어오고 있었다. 아니, 풍선처럼 부풀어 오르고 있었다. 이 아이가 나를 믿어주는구나. 내가 저를 염려하고 걱정하는 마음을 알아주는구나. 그것은 형용할 수 없는 잠시의 감격이요 기쁨이었다.

나는 손이 차가운 사람이다. 그래서 겨울철이면 사람들과 악수하는 것을 매우 주저하고 꺼리는 마음이다. 섬뜩한 나의 손을 상대방에게 쥐어주는 것이 대단히 미안한 느낌이기 때문이다. 그런데 슬이의 손도 따뜻한 손은 아니다. 차갑고 조그만 손. 그러나 부드럽고 예쁜 손. 그 손을 나의 손에 쥐어준 것이다. 그것도 앞으로 내민 손이 아니라 뒤로 내민 손을 잡아준 것이다.

이러한 일은 인간적 신뢰 없이는 가능한 일이 아니다. 앞으로 보이는 얼굴이나 모습이 깨어있는 것이고 의식적인 것이라면, 뒷모습은 방심한 것이고 무의식적인 것이다. 거짓 없이 열려진 풍경이라고 할 수도 있겠다. 그처럼 앞으로 내미는 손보다는 뒤로 내미는 손이 더욱 은밀한 것일 수 있겠는데 또 그것을 잡아주는 손은 더욱 진실한 손일 수 있다. 믿음의 손일 수 있다. 보다 견고한 약속일 수도 있겠다.

'슬아, 고마워. 나의 차가운 손을 잡아주어서…….'

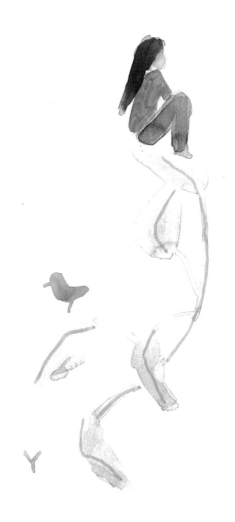

약속

달빛이 있는 곳까지만 함께 가자
손가락 걸었다
풀벌레소리 있는 곳까지
개울물소리 나는 곳까지만 함께 가자
손가락 걸었다
끝내 마음이 있는 곳까지만
함께 가자
오늘 바로 그랬다.

슬아, 어느새 2010년도 가고 2011년이 되었구나. 우리 예슬이 처음 본 것이 2009년 7월인데 그로부터 일 년 반이나 시간이 지났어. 슬이랑 함께 한 날들을 돌아보면서 새롭게 맞을 날들을 생각하면서 이 글을 쓴다.

슬아, 그동안 참으로 고마웠다. 슬이한테 도움 받은 일들이 많아. 연구원 일을 하면서 여러 가지로 슬이 너는 내 마음을 헤아려 주면서 내 곁을 지켜주었어. 판단이 흐려지거나 흔들릴 때면 내 마음을 잡아주었고 특히 내가 시를 쓰는데 너는 영감을 많이 주었어.

얼마나 감사한 일인지 몰라. 슬이 너로 하여 나는 소년과 같이 어린 마음, 싱싱하고 푸른 생명의 마음을 가질 수 있었어. 이 얼마나 놀라운 변화요 커다란 선물이겠니! 앞으로 나올 시집 한 권은 오로지 슬이 네가 준 영감을 받아 쓴 시집이라 해도 틀린 말이 아니야.

그야말로 슬이 너는 내 시의 원천이야. 이 점 다시 한 번 고마워. 슬아. 다시 말하기 힘든 일이긴 하지만 지난해에는 슬이 너한테 견디기 어려운 일도 있었지. 그러나 그러한 어려운 일들을 잘 이기고 견디면서 일어서는 너의 모습은 곁에서 보기에도 너무나도 안쓰럽고 대견했단다.

올해는 보다 더 씩씩하게 그런 모든 일들을 떨쳐버리고 더욱 아름답고 밝은 날들을 살기를 바란다. 별다른 힘은 없지만 그러한 너를 도와주고 싶고 지켜주고 싶어.

우리가 앞으로 얼마동안 같은 일터에서 정다운 마음으로 일을 할 수 있을까? 그런 것들을 생각해보면 마음이 답답해지고 슬퍼지기도 해. 그렇지만 신이 허락하는 날까지 그야말로 끝 날까지 최선을 다해 좋은 마음으로 함께 하는 날들이고 싶어.

슬아. 올 한 해 부디 건강하기 바라고 웃는 얼굴 많이 보여주기 바래. 그리고 슬이에게 좋은 가족들이랑 행복한 날들이길 바래. 그리고 슬아, 올 한해 네가 내 곁을 예쁘게 지켜줄 것도 믿는 마음이야. 정말 그래줄 거지? 그래서 미리부터 고마워.

올해도 슬이가 주는 마음의 빛을 받아 고운 시 많이 쓰고 싶어. 네가 이제 내 마음의 빛이요 기쁨의 샘물이란 것을 너도 모르지 않을 거야. 자, 올해도 잘해보자꾸나. 예슬이 파이팅! 예슬이에게 건강과 행운을! 믿음과 사랑을 예슬에게 함께 보내면서.

― 2011. 1. 1 풀꽃 같은 마음으로

무릇 사랑은 어여쁨이나 안쓰러움에서 출발한다. 측은지심惻隱之心이야말로 사랑의 근본이다. 봄과 같은 마음이다. 그것은 들판 위에 부는 부드러운 바람을 품었을 것이고 메마른 흙에 스며드는 봄비의 촉수를 지녔을 것이다. 측은지심은 동정심과 혼동될 수도 있겠다. 그러나 굳이 동정심이 사랑과는 구별되는 것이라고 해도 어쩔 수 없는 일이다.

그런 뒤로는 관계맺음으로 사랑은 발전하고 성장한다. 관계맺음은 다시금 상호작용을 요구한다. 일방통행이 아니다. 마음을 주고받음이고 이야기를 주고받음이고 물질을 주고받음이다. 눈빛의 주고받음도 중요한 주고받음 가운데 하나다. 가운데서도 가장 중요한 것은 마음의 주고받음이다. 서로 챙겨주는 살가운 마음, 배려의 마음이 그것이다.

생각해보면 이것도 하나의 소유행위이다. 눈에 보이지 않지만 마음의 소유도 소유는 소유다. 아니, 소유 가운데서도 가장 큰 소유인지도 모른다. 저것은 내 것이다, 저 사람은 내 사람이다, 그런 생각보다 더 큰 소유는 저 사람의 마음은 내 것이다, 저 사람 마음속에 내가 들어가 살고 있다는 생각일 것이다.

누가 뭐래도 모든 사랑은 소유를 전제로 성립된다. 저 사람 마음이 내게 와 있다, 저 사람 마음을 나는 얻었다, 그런 생각처럼 사람 마음을 든든하게 훈훈하게 해주는 것은 없다. 그 마음이 그 어떤 물질의 재산보다도 큰 재산이다. 내 마음이 또 저 사람 마음의 중심에 가 있다는 것을 생각하면 불이 밝은 방 안처럼 따스하면서도 편안해짐을 느낄 것이다.

'사랑은 받는 것이 아니라 주는 것이다.'라고 말한 사람은 괴테다. 맞는 말이다. 사랑하는 사람들은 주는 기쁨을 안다. 물건을 주는 것도 기쁜 일이고 마음을 주는 것은 더욱 기쁜 일이다. 상호간 사랑의 선물은 기쁨이다. 무언가를 주고서도 더 큰 것을 선물로 받는 것이다. 사랑을 주고 다시 선물로 기쁨을 받는다는 것, 그것은 놀라운 변용이요 축복이다.

어떠한 사랑도 약간은 위태롭다. 약간은 삐딱하다. 삐딱하지 않고 위태롭지 않은 사랑은 사랑이 아니다. 사랑은 비틀거림이고 허둥댐이고 흔들림이고 당황이고 어지러움이다. 자기도취요 약간은 넋이 나감이다. 그런 신비와 매직이 없는 사랑은 진짜 사랑이 아니다. 가짜 사랑이다. 언제든 사랑은 넘치는 바다이고 제 몸 하나 제대로 가누지 못하고 모로 쓰러지는 통나무 같은 마음이다.

슬이에 대한 나의 사랑도 그러했다. 갑자기 아버지를 잃고 비틀거리는 슬이를 보고 일단은 안쓰러운 마음이었을 것이다. 일종의 측은지심의 발로다. 그래서 왈칵 마음이 그쪽으로 기울었을 것이다. 무언가 잘해주고 싶고 챙겨주고 싶었을 것이다. 그런 노력의 나날이 반복되다보니 슬이가 나에게 가여운 사람, 특별한 사람, 사무치도록 빛나고 새로운 사람으로 자리 잡게 되었을 것이다.

슬이를 사랑한다? 애당초 말이 되지 않는 관계 설정이다. 가당찮은 일이다. 그런데도 나는 조금씩 그렇게 되어갔다. 금방 만나고 돌아섰는데도 다시 만나고 싶다. 보고 싶다. 금방 전화기로 목소리 들었는데도 다시 목소리가 듣고 싶어진다. 점점 그런 마음이 커지고 확실해진다. 조그맣고 동글동글한 슬이의 모습. 앳되고 맑은 슬이의 목소리. 왜 그것이 나를 붙잡고 놓아주지 않는가? 이것도 하나의 신비라면 신비라 하겠다.

미간을 약간 찌푸리면서 말하는 표정까지 예쁜 슬이. 토라진 것처럼 말하는 어법이 꺼림칙하여 더욱 마음에 와 닿는 슬이. 미운 것 나쁜 것까지 좋아 보이고 이쁘게 보이기 시작한다면 그것은 중증이다. 이제는 치유 불가능한 단계에까지 이르렀음을 말해주는 증거다. 슬이의 모든 것은 이미 나에게 익숙한 것이면서 순간순간 낯선 것으로, 빛나는 것으로 다시금 태어나고 있었다.

가령 우리가 한 송이의 풀꽃을 좋아하고 사랑한다고 그러자. 거기에는 애당초 분명한 이유나 특별한 까닭이 있는 것이 아니다. 꼬치꼬치 설명이 가능한 일도 아니다. 그냥 사랑하는 것이고 그냥 좋아하는 것이다. 그냥, 거기, 그렇게, 풀꽃이 있음으로 다만 그것만으로 사랑하고 좋아하는 것이다. 그것은 산이나 나무나 강물을 사랑할 때도 마찬가지다.

누군가를 사랑한다는 것은 막막한 애달픔이요 대책 없는 슬픔이다. 그것은 또 아집이고 집착이며 끝내는 중독현상이다. 사랑은 끝내는 굴욕이고 버림받은 자의 쓸쓸함이다. 그러나 어떠한 사랑도 아름답지 않은 사랑은 없다. 떠나간 사랑도 아름답고 잊혀진 사랑도 아름답다. 사랑이란 이름 아래선 배반한 사랑까지도 아름답다. 기념할 만하다.

이 세상 모든 사랑은 첫사랑이며 짝사랑이다. 슬이에게 대한 나의 사랑도 첫사랑이며 짝사랑이다. 내가 슬이를 두고 사랑한 것은 무엇이었을까? 그의 외면인가? 아니면 내면? 슬이의 푸른빛이 나도록 맑은 눈인가? 이슬같이 투명한 목소리인가? 짤막하고 통통하고 둥그스름한 손가락을 가진 손인가? 뭉툭한 발가락인가? 차갑지만 보드레한 손인가? 아니면 치렁한 머리칼인가?

아니다. 어쩌면 내 마음속에 있는 그 어떤 현상, 감정, 그 안에 숨어있는 또 다른 내 자신을 사랑했는지 모른다. 내가 만들어낸 그 어떤 허상, 몽환을 사랑하고 꿈꾸었는지 모른다. 어쩌면, 어쩌면 말이다. 슬이를 사랑하는 나 자신을 사랑했는지도 모를 일이다. 그것은 또 하나의 통제되지 않는 에고이다. 사랑은 그런 것이다.

슬이를 두고 진정 내가 바라는 사랑은 다만 바라보기만 해도 좋은 사랑이다. 하얀 사랑. 눈을 바라보는 사랑. 들여다보는 사랑. 눈에서 눈으로 오가는 사랑. 은은한 사랑. 지켜보는 사랑. 은빛 사랑. 그렇게 오래 가면서도 변함없는 사랑을 나는 슬이를 두고 꿈꾸어 보는 것이다.

오직 사랑. 사랑 그것밖엔 아무것도 아닌 오직 사랑. 저 혼자서 푸르고 저 혼자 기쁘고 저 혼자서 가슴이 미어져서 꽃이 되었다가

물이 되었다가 구름이 되었다가 다시 무너져서 벼락이 되고 마는 사랑. 그러나 나는 고백할 수 없다. 실토할 수가 없다. 고백하고 실토하고 나면 그 사랑이 뻥! 터지고 말기 때문이다. 지금까지의 사랑이 거짓이 되고 어둠이 되고 속악이 되기 때문이다.

　그렇게 사랑은 풍선이다. 그렇게 사랑은 뜬구름이다. 부디 용서하라. 슬이 네가 먼저 나의 사랑을 용서하고 세상 사람들한테 나의 사랑을 용서해 주십사 부탁해다오.

왼손

너는 오른손잡이
오른손으로 글씨를 쓰고
가위질을 하고 과일도 깎는다
머리를 빗기도 하고 좋은 사람과
악수도 나눈다

그러나 나는 너의 왼손을 사랑한다
우리 악수 좀 하자
우리의 악수는 오른손과 왼손으로 하는 악수
나의 오른손으로 너의 왼손을 잡아본다

내 오른손 안에 쥐어지는 보드랍고
조그맣고 따스한 너의 왼손은 차라리
조그만 산새 파들거리는 물고기
산들바람 한줌

금방이라도 도망가려는 듯

파들거린다 몸을 뒤챈다

녀석아 조금만 더 가만히 있으렴!

우리들에겐 시간이 그렇게 많은 게 아니란다.

슬아, 오늘도 나는 너를 보았다. 가까이서 보았고 멀리서 보았다. 눈을 감고도 보았고 눈을 뜨고도 보았다. 중학생 속에 섞어놓으면 중학생처럼 앳된 너의 모습. 아직 다 자라지 않은 것 같은 너의 몸매. 잔작한 너의 키. 아심찮은 너의 모든 것. 그래서 더욱 안쓰럽고 사랑스런 너.

눈빛이 그냥 서러웠다. 새초롬했다. 그 눈빛에 이슬이 맺히고 먼 하늘의 별빛이 걸리는 듯했다. 너의 눈빛 앞에서 나도 그냥 이슬이 되고 싶었고 머언 밤하늘 아득한 별빛이 되고 싶었다. 왜 너의 눈빛 앞에서 너의 모습 앞에서 나는 서러워만 지는 것인가. 가슴이 막막해지고 쓰라리고 답답하기만 한 것인가.

사랑은 하나가 되고 싶은 마음. 사랑은 가까이 가고 싶은 마음.

네가 내가 되고 내가 네가 되고 싶은 그런 소망과 간절함. 열정. 그러한 소실점. 그러나 정말 하나로 만날 수 있는 사랑이 있을까? 가까이 갈 수 있는 사랑이 있을까? 끝내 네가 내가 되고 내가 네가 될 수 있는 그런 사랑을 우리는 이룰 수 있을까?

언제 보아도 낯설어 보이는 인상. 먼 곳에 있는 것 같은 착각. 더 적극적으로 표현하면 쌩동해 보이는 얼굴 표정이며 분위기. 늘 아쉽다. 늘 안타깝다. 늘 서운하다. 슬이 너는 손길이 안 닿는 먼 곳에 있는 꽃이거나 눈빛이 따라잡지 못하는 아슴아슴 별빛 같은 존재.

슬아, 오늘도 나는 너를 사랑해서 슬프다. 그리워해서 슬프다. 다가갈 수 없어서 슬프다. 하나가 되고 싶지만 끝내 하나가 될 수 없어서 슬프다. 무엇보다도 나는 너를 두고 내 스스로 만들어낸 헛된 욕망의 수풀이 너무나 커서 슬프다. 그렇다. 이 슬픔은 모두가 나의 몫이다. 이것이 또 사랑의 벌이다.

한 사람 건너

한 사람 건너 한 사람
다시 한 사람 건너 또 한 사람

애기 보듯 너를 본다

찡그린 이마
앙다문 입술
무슨 마음 불편한 일이라도
있는 것이냐?

꽃을 보듯 너를 본다.

여자란 무엇인가? 남자에게 여자는 어떠한 존재이며 어떠한 의미를 갖는가? 결코 쉽지 않은 질문이다. 물론 여자는 남성과 맞서는 성이다. 그러나 그것은 반대나 대립의 맞섬이 아니고 조화와 충족의 맞섬이다. 어떠한 인간도 혼자서는 불완전하므로 그 불완전성을 메꾸는 방향으로 주어진 것이 남성과 여성이다.

그 대표적인 것이 가정이고 가정에 이르는 절차로서의 결혼이고 연애이다. 남성은 여성을 통해서 완성이 되며 여성 또한 남성을 통해서 완성된다. 태초, 그러니까 선사先史 이래로 남성은 떠돌이요 사냥꾼이요 바람둥이였다. 이에 반하여 여성은 집지기집 지키는 사람요 망보기망보는 사람요 양육자요 살림꾼이었다. 남성에 비하여 보다 안정된 성이 여성이다. 평화와 사랑의 성이 여성이다.

또한 남성보다 훨씬 많은 배역을 맡았던 것이 여성이다. 그러므로 남성에 비해 세심하며 배려심이 많다. 밖으로 내닫기 보다는 안으로 잔잔히 스미는 것이 여성의 성품이다. 포근하고 차분하고 부드럽다. 남성이 가을을 지향한다면 여성은 어디까지나 봄을 지향한다. 관용이 있고 용서가 있고 배려심이 충만하다. 그래서 언제나 돌아가 안기고 싶고 기대고 싶은 마음을 준다. 그렇다. 안식을 주며 위로를 주는 것이다. 부드러운 언덕과 같은 것이 여성이다.

이러한 성품을 우리는 때로 모성母性이라 부른다. 모성. 어머니로서의 성품. 태어나면서 여성은 이 모성을 지니고 태어난다. 남성에게 다만 남성성男性性만 있는데 비하여 여성에게는 여성성女性性과 더불어 모성까지 갖추고 있는 것이다. 딸과 아버지가 있을 경우, 때로 나이든 아버지보다 어린 딸아이가 더욱 배려심이 있고 포용력이 있고 위로자의 자리에 섬을 우리는 자주 경험하기도 한다.

그런 의미에서 남성보다는 여성이 한 단계 더 진화된 인간형이라 할 수 있겠다. 진화란 변화하고는 다른 상태이다. 발전하고도 조금 빛깔이 다른 개념이다. 본래의 특성을 잃지 않으면서 훨씬 더 좋은 조건이나 상황이나 모습으로 바뀌는 것을 말한다. 우리의 삶은 끝없는 진화의 과정이다. 진화 그 자체가 삶이고 인생이다. 성경의 창세기에서 보면 잠든 남자의 갈비뼈 하나로 여자를 지었다는 하나님의 말씀은 그런 점에서 백번 옳은 것이다.

그렇다 해도 남자에게 여자는 영원한 미지수이며 향수이다. 언제든 그렇게 돌아가고 싶은 장소다. 잃어버린 고향이다. 돌아가고 싶지만 완전히는 돌아갈 수 없는 고향. 여자를 앞에 두고 남자들은 누구나 실향민 신세다. 머문다 해도 잠시 뒤에 떠나와야 하는 꿈속의 고향 같은 존재가 여자이다. 그러므로 여자는 풀리지 않는 수수께끼요 충족되지 않는 목마름이다. 하나의 함정이기도 하다. 인간의 언어로는 도저히 해설 불가능한 그 어떤 미지이다. 끝내 처녀림이다.

참으로 여자는 신비하고 아름다운 존재. 하나님께서 창조하신 창조물 가운데 가장 아름다운 창조물 한 가지를 대라면 그것은 서슴없이 또 여자다. 여자는 힘이 세다. 아무리 젊고 어린 여자라 해도 이 세상 모든 여자들은 남자의 마음을 끌어들이고 가두는 힘을 가졌다. 남자들은 또 누구라도 한번 여자한테 끌리면 즐겨 그 여자의 포로가 되고, 그 여자가 다스리는 공화국의 선한 주민이 되는 걸 마다하지 않는다. 그런 의미에서 이 세상의 진정한 지배자는 남자가 아니고 여자인지 모른다.

그렇다면 여자는 나한테 무엇을 주었는가? 어떤 역할을 했던가?

여자는 지금까지 나에게 끝없는 방황을 주었고 그리움과 아득한 슬픔의 가시덤불을 주었다. 때로는 철조망을 주기도 했다. 다시는 빠져나오지 못할 것 같은 함정을 주기도 했다. 쓰디쓴 소태 같은 절망을 여자는 자주 나에게 선물로 안겨주었다. 그야말로 여자는 나에게 넘치고 넘치는 시련이었으며 극복하기 어려운 산등성이, 고갯마루 같은 것이었다.

정말 여자는 이렇게 한 결 같이 역기능만 지녔던가? 아니다. 충분히 순기능도 있었다. 여자는 나에게 세상을 살아갈 목표와 의욕을 주었다. 먼 곳에 대한 동경을 주었으며 삶의 열정을 선물했다. 언제든지 한 여자를 가슴에 품고 사랑하던 시절은 내가 왕성한 삶의 의욕에 차 있던 시절이었다. 그러므로 여자는 삶의 조성자였다고 할 수 있겠다. 특히 시를 쓰는 사람으로 일평생 살았던 나에게 여자는 시의 샘물과 영감의 제공자였다. 그것도 계속해서 그랬다. 내가 그동안 쉬지 않고 시를 쓸 수 있었던 것은 이렇게 주변에 있던 여성들의 도움이 컸다. 감사한 노릇이다.

사랑은 언제나 서툴다

서툴지 않은 사랑은 이미
사랑이 아니다
어제 보고 오늘 보아도
서툴고 새로운 너의 얼굴

낯설지 않은 사랑은 이미
사랑이 아니다
금방 듣고 또 들어도
낯설고 새로운 너의 목소리

어디서 이 사람을 보았던가……
이 목소리 들었던가……
서툰 것만이 사랑이다
낯선 것만이 사랑이다

오늘도 너는 내 앞에서
다시 한 번 태어나고
오늘도 나는 네 앞에서
다시 한 번 죽는다.

나는 그동안 얼마나 많이 실패했는지 모른다. 평생을 두고 얼마나 여러 차례 이 여자 저 여자한테 혹하여 빠지고 그래서 거기서 헤어나오지 못하고 허우적거렸는지 모른다. 끝내는 흙탕물, 온갖 오물을 뒤집어쓰고 구사일생으로 돌아온 병사처럼 어렵게 평상심을 찾았는지 모를 일이다.

낭비가 심했거니와 스스로 참담하고 비참했다. 다시는 그러지 않겠다고 다짐을 두고 나서는 도로아미타불로 다시금 같은 경로를 밟고 같은 실수를 계속해 왔던 거다. 차라리 여자는 나에게 하나의 고질병 같은 존재. 그 무엇으로도 바로잡아지지 않고 용서되지 않는 원죄와 같은 것이었다.

지난 번 크게 아팠을 때에도 얼마나 이 부분에 대해서 뼈아프게 뉘우치고 다시는 그러지 않겠다고 다짐을 두었는지 모른다. 평소의 체중은 65킬로그램. 크게 앓을 때는 45킬로그램. 병원에서 돌아와 몸에 살이 불어나면서 세상에 대한 욕망도 서서히 불어났던 모양이고 사랑에 대한 생각도 조금씩 바뀌었던 모양이다.

마른 솜뭉치가 물을 빨아들이듯 슬이를 만나자마자 슬이에게 쏠렸고 또 기울어졌고 끝내는 회복 불가능한 지경에 이르고 말았다. 내 마음 하나 내가 어쩌지 못하겠는 심정이 바로 그런 상태다. 내가 나이 든 사람이고 슬이가 나와는 아주 많이 나이 차이가 있지만 슬이는 여전히 여자였고 나는 또 한 사람 남자일 수밖에 없었다. 그것은 끝내 뛰어넘을 수 없는 하나의 절벽 같은 것.

나는 이번만은 실패하고 싶지 않다. 완성하는 사랑을 하고 싶다. 그렇다면 완성하는 사랑이란 어떠한 사랑인가? 그 해답을 나는 확실히 알지 못한다. 그것이 그렇다 해도 사랑의 완성에 이르고 싶다. 더듬더듬 손을 저어 가는 장님의 밤길이라 해도 어쩔 수 없는 일이다. 이것이 지상에서의 내 마지막 사랑이기를 원한다.

슬이를 옆에 두고 지내면서 많은 날들을 나는 힘겹게 살았다. 늘 마음이 불안했고 조마조마했고 슬프기도 했고 안타깝기도 했고, 어쨌든 편안하지가 못했다. 어떤 때는 가슴이 싸, 하니 칼에라도 베인 듯 아리고 쓰렸다.

"원장님은 원장님이 좋아서 그러시는 거예요."

가끔 슬이가 하는 말이다. 누가 시켜서 하는 일이 아니고 너 좋아
서 그러는 게 아니냐는 투다. 내가 저를 좋아하면서 안절부절 못하
는 것이 어쩌면 저와는 별개의 문제라는 것이다. 네가 좋아서 그러
는 것이니 네가 알아서 해결하고 책임질 문제라는 것이다. 이런 점
에서 슬이는 이미 나의 속셈을 꿰뚫어 아는 마음의 능력을 지닌 아
이다.

어떤 사랑이든 그렇다. 둘이서 사랑을 한다고 그러지만 결국은
그것은 혼자만의 문제이다. 제가 좋아서 저 혼자 달뜨는 것이고 안
절부절 못하는 것이다. 엄밀하게 말하면 혼자서 꿈꾸는 상태가 사
랑이다. 상대방이 거들어서 해결될 문제가 아니다. 약간은 도움이
되겠지만 끝까지는 아니란 말이다.

나는 이번 생애가 다시없는 생애라고 생각한다. 불교적 환생관이
든 기독교적 미래관이든 아무래도 좋다. 내가 기독교 신자로서 천
국을 믿고 바라고 꿈꾸는 사람이라면 이승에서 천국을 살고 싶은
사람이다. 아니, 지금의 생이 바로 천국이라고 믿는 사람이다.

그러므로 절대로 이번만은 실패하고 싶지 않다. 이제 나에게는 더 이상 기회가 없다. 이번 기회가 마지막 기회다. 슬이가 내가 이 생에서 마지막으로 사랑할 수 있는 여자이다. 슬이가 다른 남자와 결혼한다 해도 그것은 크게 변할 것이 아니다. 나는 처음부터 슬이를 두고 결혼이나 그런 관계 설정으로 사랑한 것이 아니니까 말이다.

슬이는 나에게 여자이며 어린 아기이며 어린 딸이기도 하다. 그가 아프면 나도 아프다. 그가 슬프면 나도 슬프다. 그가 기쁘고 행복하면 나도 기쁘고 행복하다. 이러한 나의 사랑을 어떤 사랑이라고 굳이 꼴을 지어서 규정하고 싶지는 않다. 그냥 나의 사랑이라고 말하고 싶다. 그냥 그런대로 놔두고 싶다.

아무한테도 비평받지 않고 싶고 인정받지 않고 싶고 또 자랑하고 싶지도 않다. 그렇다고 부끄럽다 여겨 숨겨놓고 싶지도 않다. 슬이에 대한 나의 사랑은 그냥 산기슭에 이슬 맞고 피어나는 풀꽃이 그러하듯 그냥 자연스러운 사랑이고 무명의 사랑이고 하찮은 사랑이고 편안한 사랑이고 잊혀진 사랑이다.

그런 의미에서 나는 그동안 나에게 조금쯤 고통과 슬픔의 날들을 안겨준 슬이에게 감사하고 고마워하는 마음이다. 지루한 기다림과 끝없는 감정의 소모에 대해서도 억울해하지 않을 자신이 있다. 그런 불편한 정서들까지도 그것은 오로지 슬이가 나에게 주는 하나의 축복 같은 것들이다. 그런 그늘진 정서들은 오히려 나로 하여금 하루하루 가파른 세상 용기를 내어 살아갈 수 있는 가능성과 힘을 주었던 것이다. 이것이 오늘에 이르러 슬이에게 감사하는 또 하나의 이유이다.

꽃

예쁘다는 말을
가볍게 삼켰다

안쓰럽다는 말을
꿀꺽 삼켰다

사랑한다는 말을
어렵게 삼켰다

섭섭하다, 안타깝다,
답답하다는 말을 또 여러 번
목구멍으로 넘겼다

그리고서 그는 스스로 꽃이 되기로 작정했다.

열아홉 번째 이야기 기우는 마음

언제부터 내 마음이 이렇게 변했는지 모르겠다. 혼자 있는 시간, 가만히 눈이라도 감으면 어김없이 떠오르는 얼굴이 있다. 슬이다. 그 모습에 이어 목소리까지 떠오른다. 둥그스름한 얼굴이다. 웃는 눈매다. 짝달막한 손가락이다. 치렁한 머리칼이다. 더러는 맑은 이마. 찡그린 미간. 짠득한 음성이다.

나도 모르는 사이 슬이가 이렇게 내 마음 속에 들어와 터를 잡고 뿌리 내린 것이다. 내 마음의 주인이 되어버린 것이다. 슬이는 하나의 나무. 어여쁜 나무. 어리고도 순하고 싱싱한 나무. 저 혼자서도 흥얼흥얼 노래할 줄 알고 종알종알 이야기할 줄 아는 나무. 저 혼자서도 씩씩하게 푸르러지고 잘 자라는 나무.

잠시도 슬이에 대한 생각이 떠나지 않는다. 그것은 마음 저 밑바닥에서부터 슬그머니 고개를 드는 생각이요 느낌이다. 나도 어쩌지 못하는 생각이요 느낌이다. 참으로 사람이 누군가를 좋아하는 마음처럼 지향 없고 어쩌지 못하는 마음이 또 어디 있을까? 구슬픈 마음이 또 어디 있을까? '마음이 굴뚝같다.'는 비유가 여기에 해당된다 하겠다.

　이유가 없다. 조건이 없다. 이유가 있다 해도 그것은 매우 단순하고 하찮은 것들이다. 그냥 그 애이기 때문에 좋은 것이다. 그 애이기 때문에 예쁜 것이고 보고 싶은 것이고 애달픈 것이다. 작은 키도 예쁘고 휘어진 눈 꼬리도 예쁘고 조그만 귀, 검고 치렁한 머리칼도 예쁜 것이다. 이렇게 사소한 것까지 예쁘게 보이는 것은 보통의 일이 아니다. 안 예쁜 것까지 예쁘게 보이는 건 더욱 보통의 일이 아니다.

　슬이를 생각하면 가슴이 뻐근해지기도 하고 답답해지기도 한다. 그러다가 나중에는 살짝 숨이 막히기도 한다. 이런 감정은 도대체 무엇이란 말인가? 일찍이 소년시절, 청년시절 이래 여러 차례 겪어 본 감정이요 마음이다. 중년을 맞으면서 잠잠해졌는데 도대체 어디만큼 숨어 있다가 나이 들어서야 새롭게 쳐들어온단 말인가. 이것은 그야말로 침략이요 점령이다. 하나의 고문이다. 형벌이다.

슬이를 생각하는 마음은 이상한 시계의 태엽과 같다. 감아놓으면 풀리는 그런 태엽이 아니다. 전혀 반대의 태엽이다. 기껏 힘들여 풀어놓으면 어느새 다시금 감겨버리는 그런 태엽 말이다. 그 태엽은 스스로 감기는 태엽이다. 그래서 사람의 마음을 옥죄게 한다. 끝없이 애달프게 한다. 보고 싶다. 얼른 보고 싶다.

납덩이 하나 매단 것처럼 마음이 무겁다. 깜깜하다. 답답하다. 터억, 가슴에 산 하나 안은 듯 답답하다. 그러나 이것은 스스로 좋아서 받는 고문이요 형벌. 일종의 마조히즘 같은 것이다. 답답함과 쓰라림과 안타까움과 목마름의 그 뒤범벅. 갈애渴愛다. 아무리 물을 마셔도 풀리지 않는 갈증 같은 사랑이다. 귀찮다. 성가시다. 이제는 이러한 목마름에서도 해방될만 한데 이적지 나는 이렇게 진흙뻘에 발이 빠져 허우적대는 사람이다.

언제나 슬이 그 애는 멀리에 있다. 내 손이 안 닿을 만큼 멀리에 있다. 가까이 있다 해도 자꾸만 내 눈길을 피한다. 말을 해도 못들은 척 말을 삼켜버린다. 늘 그 애 앞에서는 조마조마 애가 탄다. 가슴이 조려진다. 나는 저를 바라보고 있는데 저는 엉뚱한 곳을 바라보고 있다. 그 애가 바라보는 곳은 어딜까? 답답한 일이고 안타까운 일이다.

그래도 슬이를 생각하기만 하면 불끈 가슴 밑바닥으로부터 솟아오르는 욕구 같은 것이 있다. 살고 싶다는, 생명의 욕구다. 그것은 기쁨 같은 것이기도 하고 슬픔 같은 것이기까지 하다. 때로는 파충류의 머리통 같이 매우 외설스런 것이기도 하다. 그러나 그것은 그 무엇으로도 대체 불가능한 것이고 통제되지 않는 마음이다. 또 순간에 피었다 사그러드는 느낌의 불꽃이기도 하다.

얼른 날이 밝기를 기다린다. 슬이를 보기 위해서다. 날이 밝으면 얼른 슬이를 만나러가야지, 그런다. 이것도 삶의 한 활력이다. 하나의 소망이고 기쁨이다. 행복이다. 생각은 이렇게 중요하다. 생각 그 자체만으로도 불끈 힘이 솟게 하는 신비한 능력을 지녔다. 살아야 겠다는 의지를 찾는 일은 중요한 일이다. 나이든 사람에게는 더욱 그렇다. 그러므로 생각 자체가 희망이다.

슬아, 하고 부르면 언제나 가까운 곳에 숨어 있다가 네, 하고 대답하며 나타나 줄 것 같은 아이. 꽃 덤불 속에 대고 불러도 꽃잎을 하늘거리며 아는체할 것 같고, 풀숲에 대고 불러도 나무나 풀잎의 잎사귀를 흔들어 여기요, 여기요, 말해줄 것 같은 아이. 강물에 대고 불러도 쫑알쫑알 물소리로, 자글자글 물비늘 반짝임으로 다시 알은체해줄 것 같은 그 아이.

슬아, 오늘도 내가 살아있는 사람으로 너를 생각하는 마음이 더할 수 없는 축복이다. 너를 다시 볼 수 있다고 생각하면서 기뻐하는 나의 마음이 또한 감사다.

너도 그러냐

나는 너 때문에 산다

밥을 먹어도
얼른 밥 먹고 너를 만나러 가야지
그리고
잠을 자도
얼른 날이 새어 너를 만나러 가야지
그런다

네가 곁에 있을 때는 왜
이리 시간이 빨리 가나 안타깝고
네가 없을 때는 왜
이리 시간이 더딘가 다시 안타깝다

멀리 길을 떠나도 너를 생각하며 떠나고
돌아올 때도 너를 생각하며 돌아온다
오늘도 나의 하루해는 너 때문에 떴다가
너 때문에 지는 해이다
너도 나처럼 그러냐?

아침 출근길엔 주로 자전거를 탄다. 우리 집에서 연구원까지는 자전거로 15여 분 거리. 그것도 내리막길이다. 가볍게 페달을 밟아도 자전거는 빠르게 쉽게 굴러간다. 마음도 굴러간다. 슬이를 만나러 간다는 생각이 더욱 마음을 빠르고 쉽게 굴러가게 한다.

자전거를 타고 가면서 만나는 모든 것들이 반갑고 고맙다. 기분이 저절로 유쾌해진다. 스치는 바람결조차 가슴을 두근거리게 한다. 남의 집 담장 너머 피어있는 꽃 한 송이조차 사랑스럽다. 이것 역시 슬이를 만나러 간다는 행복감에서 비롯된 것이다.

오직 슬이를 만나러 가는 일이 희망이다. 슬이를 만나는 것이 오늘의 삶의 목표이며 과업이고 소명이다. 오직 그 생각뿐이다. 이런 때 나는 덩달아 한 송이 꽃으로 피어나고 한줄기 바람으로 몸을 바꾼다. 놀라운 변신이다.

그 꽃한테 바람한테 이름을 붙일 필요는 없다. 그냥 바람이면 되고 꽃이면 족한 일이다. 슬이는 내가 숨겨놓고 기르는 꽃나무. 숨겨놓고 키우는 어린 딸아이. 누구한테도 알려주지 않고 싶고 누구한테도 들키고 싶지 않은 그런 비밀의 화원. 나만의 영토.

그러나 어찌 내가 슬이를 좋아하는 마음을 주위사람들한테 들키지 않고 배겨낼 수 있을까보냐! '송곳과 사랑하는 마음은 아무리 주머니 속 깊이 감추어도 삐져나온다.'는 우리의 옛말이 있다. '사람이 숨길 수 없는 것 세 가지는 기침과 가난과 사랑이다.' 이것은 터키의 속담이기도 하다.

연구원에 도착하여 자전거를 세우고 문을 열고 1층 복도로 들어선다. 복도에는 커다란 유리창이 있다. 사무실로 들어온 햇빛을 다시금 복도 쪽으로 보내어 복도를 밝히기 위한 일종의 채광창이다. 그 넓은 유리창을 통해 사무실 안이 환히 들여다보이도록 되어 있다.

슬이의 자리는 복도의 유리창과 마주한 자리. 경이의 앞자리인데 경이 모습은 등으로 보이고 슬이 얼굴은 정면으로 보이도록 되어 있다. 본능적으로 시선이 유리창을 꿰뚫고 사무실 안으로 들어간다. 아, 오늘도 제 자리에 와 있구나. 와락 반가워지는 마음. 어쩌다 슬이와 눈이 마주치면 가슴은 사뭇 뛰기도 한다.

사람이 나이 값도 못하고 이런다. 내가 무슨 소년이라고 이러나! 내가 쓰는 방은 2층. 2층에서 일을 하면서도 1층에 슬이가 있다는 사실에 크게 안도한다. 불안한 마음을 쓸어내린다. 그래, 1층에는 슬이가 있다. 슬이와 한 건물에서 일을 하고 있다는 사실이 또 마음을 많이 편안하게 한다. 점심식사 시간에는 함께 식사도 할 것이다. 그런 생각은 더욱 나를 느긋한 마음이게 한다.

그러나 정작 슬이와 마주하면 언제 저 아이를 보았던가, 많이 낯설다는 생각이 든다. 찬찬히 다시 보면 그때서야 천천히 느낌의 촉수가 돌아온다. 그렇지. 저 아이가 슬이지. 그러면 한없는 기쁨의 물결에 휩싸인다.

그래. 내 앞에 있는 저 애가 바로 슬이야. 나는 언제 저 아이를 만났던가? 또 언제 다시 저 아이를 만날 수 있을 것인가? 다시금 마음이 절박해지고 답답해진다. 이쯤 되면 두 눈에 눈물이 핑 돌기도 한다. 슬아, 나도 이건 어쩔 수 없는 나의 마음이란다.

개양귀비

생각은 언제나 빠르고
각성은 언제나 느려

그렇게 하루나 이틀
가슴에 핏물이 고여

흔들리는 마음 자주
너에게 들키고

너에게로 향하는 눈빛 자주
사람들한테도 들킨다.

다시금 자전거를 타고 가면서 그 애를 생각을 한다. 제민천 개울을 따라 물소리를 따라 내려가면서 그 애 얼굴을 떠올린다. 작지만 둥그스름한 얼굴이 떠오르고 새촘한 눈매가 다가온다. 얼른 그 애를 만나러 가야지.

그런 생각만으로도 나는 충분히 즐겁다. 가슴이 꽉 차오른다. 물이 가득 차서 촐랑대는 물통이 된다. 페달을 밟는다. 페달을 돌리는 발길에 힘이 주어진다. 그 애로부터 오는 힘이다. 자전거 바퀴가 더욱 가볍게 굴러간다.

눈길이 부드러워진다. 눈에 들어오는 것마다 정겹고 예쁘다. 안녕, 안녕. 인사를 한다. 오래 살아 늙어버린 가로수에게, 언제나 초라한 몸통으로 서있을 뿐인 가로등에게, 그리고 가끔은 귀찮게 길을 막는 신호등에게, 지나가는 사람들, 얼굴 모르는 낯선 사람에게까지 정답게 인사를 하고 싶어진다.

그렇지, 나는 모자를 쓴 사람. 한 손으로 모자를 벗고 한손으로 핸들을 잡고 인사를 해야지. 안녕, 안녕. 나이 어린 학생들에게도 반갑게 인사하고 싶어진다. 숨결이 가볍다. 편안하다. 이런 날 누군가 나를 등 뒤에서 보았다면 분명 저 사람 많이 위태로워 보인다고 했으리라. 이게 다 그 애가 준 빚이다. 그 애가 나에게 시키는 일들이다. 나는 오늘 이렇게 상냥한 사람이다.

그 말

보고 싶었다
많이 생각이 났다

그러면서도 끝까지
남겨두는 말은
사랑한다
너를 사랑한다

입속에 남아서 그 말
꽃이 되고
향기가 되고
노래가 되기를 바란다.

선물은 착한 마음으로 주고받는 물건을 말한다. 결코 돈을 받고 주고받는 물건이 아니다. 더구나 무리한 부탁이나 불편한 일을 빌미 삼아 주는 물건이 아니다. 물건은 물건이되 마음으로 주는 물건이고 더하여 착한 뜻을 담아서 주는 물건이다.

선물은 어디까지나 공짜로 주고받아야 한다. 주는 사람도 공짜로 주고, 받는 사람도 공짜로 받아야 한다. 다른 뜻이 있어서는 결코 안 된다. 그것이 선물의 본질이고 원칙이다.

무엇보다도 선물에서 중요한 것은 마음이다. 마음의 주고받음이다. 마음은 보이지 않는다. 옮겨지지도 않는다. 그런데 어떻게 마음을 주고받는가? 어차피 마음을 상징으로 바꾸어 줄 도리 밖에는 없는 노릇. 그래서 물건이 필요하고 선물이 요구된다.

선물 가운데서도 꽃이 바로 그렇다. 마음을 표현하는데 꽃처럼 좋은 비유가 없겠기에 사람들은 중요한 일이나 소중한 사람에게 의미를 담아 자기의 마음을 꽃으로 바꾸어 주고받는 것이리라.

쉽게 어버이날에 드리는 꽃을 예로 들어도 그렇다. 생존하신 부모님께는 붉은 색 카네이션을 드리고 돌아가신 부모님을 위해서는 자신의 가슴에 하얀 카네이션을 단다. 내가 아직도 당신을 사랑하고 있다는 뜻으로 생존하신 부모님께는 붉은 꽃을 드리고 이미 돌아가신 부모님을 위해서는 아직도 당신을 잊지 않았노라 하얀 꽃을 가슴에 다는 것이리라.

붉은 꽃에서 우리는 붉은 심장을 만나고 하얀 꽃에서 순결한 슬픔을 읽게 된다. 이 얼마나 아름답고 고귀한 인간의 예절인가. 선물은 참 좋은 것이고 아름다운 것이다. 자주 주고받을수록 더욱 좋은 것이다.

이렇게 좋은 선물을 위한 두 번째 원칙은 선물을 하고 나서 선물한 사실을 잊어버려야 한다는 것이다. 준 상대는 물론이고 준 물건의 항목까지 깡그리 잊어야 한다는 것이다. 잊기가 어려우면 잊도록 노력해야 한다. 선물을 하고 나서 그것을 마음의 흔적으로 남기면 그건 이미 선물이 아니다. 보답을 바란다면 더더욱 선물이 아니다. 선물은 오로지 무상의 행위이고 그 기쁨이고 허공에 던지는 사랑의 고백 같은 것이 되어야 한다.

선물 · 1

마음을 주고는 싶은데
마음을 줄 수가 없어
예쁜 물건을 찾는다
네가 좋아할 물건을 찾는다

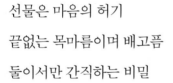

선물은 마음의 허기
끝없는 목마름이며 배고픔
둘이서만 간직하는 비밀

주고서도 또다시
무엇을 줄 것이 없을까?
두리번거리는 어리석음과 함께
오래도록 견디는 마음도 있다.

　　오늘도 선물을 샀다. 서울에 볼일 보러 갔다가 돌아오는 길. 슬이에게 줄 귀걸이다. 슬이는 귀걸이를 좋아한다. 나비 모양의 귀걸이다. 좀 무리했지만 기분이 좋다. 이 귀걸이를 받고 슬이는 어떤 표정을 지을 것인가? 무슨 말을 할까? 삐디디 웃는 듯 마는 듯한 표정일 것이다. 약간은 찌푸린 얼굴일 것이다.

　"왜 이런 걸 또 사셨어요."
　내심 좋으면서도 걱정스런 말투로 나무라는 말을 할 것이다. 그런 다음 찬찬히 귀걸이를 살펴보고는 또 이렇게 말할 것이다.
　"잘 쓰겠습니다."
　아주 작은 목소리로 혼잣말처럼 중얼거리는 말이다. 좀 더 마음이 내키면 또 이렇게 말할지도 모른다.
　"예쁘게 쓰겠습니다."

이런 슬이를 그려보는 것만으로도 즐겁다. 저절로 입가에 웃음이 스친다.

함께 지내면서 슬이에게 선물을 하고 싶었다. 슬이를 좋아하고 예뻐하는 나의 마음을 선물이 아니면 도저히 표현하지 못할 것 같아서였다. 예쁜 마음을 표현하려면 예쁜 물건이 필요하다. 바로 슬이처럼 예쁜 물건 말이다. 그렇다면 무엇을 고를까? 선물은 상대방이 좋아하는 것으로 해야 한다. 또 필요한 것을 주어야 한다.

오래 살펴 본 결과, 슬이가 액세서리에 관심이 많다는 것을 알게 되었다. 반지, 목걸이, 귀걸이, 머리핀. 젊은 처녀애들이 좋아하는 액세서리는 여러 가지다. 그 중에서도 특히 슬이가 좋아하는 것은 목걸이와 귀걸이. 가능하다면 하루도 동일한 것으로 하지 않으려는 것이 귀걸이다.

그렇구나. 슬이한테 귀걸이나 목걸이를 사다주어야겠구나. 언제 처음으로 슬이한테 목걸이와 귀걸이 선물을 했는지는 기억이 별로 없다. 그냥 여러 차례, 아주 여러 차례, 목걸이와 귀걸이를 사다주었다는 기억만 있을 따름이다.

어떤 스타일의 귀걸이를 사다주었는지도 잘 모른다. 그래서 어느 날 슬이가 새로운 귀걸이를 하고 나온 날, 누가 사준 귀걸이냐고 다그쳐 물었을 때 내가 사준 귀걸이란 말을 여러 차례 듣기도 했다. 아, 내가 사준 귀걸이를 하고 나왔다는 말을 들었을 때, 슬이의 양쪽 귓불에 걸린 귀걸이를 보면서 얼마나 반갑고 고맙던지!

아, 슬이가 내 마음을 받아 주었구나. 내 마음이 슬이의 귓불에가 매달려 있구나, 그런 생각. 이 얼마나 사랑스런 생각인가. 내가사준 귀걸이를 매달고 있는 슬이의 조그만 귓불은 얼마나 앙증맞고 예쁜 것이며 나의 마음은 또 얼마나 반짝이는 가벼운 것인가. 귀걸이가 나의 마음이고 슬이의 귀가 나의 마음이다. 이런 마음을 아는지 모르는지 다만 슬이는 내 앞에서 어린아이처럼 배실배실 웃고 있을 따름.

슬이한테 귀걸이와 목걸이 같은 선물을 사다주기 시작하면서 나는 선물가게나 주얼리가게를 보기만 하면 그냥은 지나치지 못하는사람이 되었다. 저절로 발길이 멈춰지는 사람이 된 것이다. 창가에붙어 서서 안쪽을 들여다본다. 진열장 안에 여러 가지 액세서리들이 들어 있다.

그 아주 많은 장신구들을 보면서 슬이를 생각하고 있노라면 슬이얼굴이 살그머니 떠오른다. 저 가운데 어떤 것이 슬이에게 어울릴까? 생각하고 있노라면 슬이 얼굴이 더욱 자세히 떠오른다. 내가 생각하는 액세서리를 제 몸에 걸치고 내 앞에서 웃고 있는 슬이.

슬이를 알고 나서 나는 공주시내 거리에서도 그렇지만 낯선 거리를 가거나 여행을 할 때면 주얼리가게나 선물가게를 기웃거리는 버릇이 새로 생겼고 거기서 무엇이든 하나는 사는 버릇이 또 생겼다. 이것도 하나의 중독성이요 습관성이다.

그 대표적인 예가 서울에 갔다가 돌아올 때의 일이다. 아예 서울에 가면 내가 단골로 들르는 선물가게와 주얼리가게가 있을 정도다. 슬이와 만난 뒤 가졌던 두 차례의 미국여행, 세 차례의 일본여행에서도 가장 많이 신경 쓴 것은 슬이에게 줄 선물을 사는 일이었다. 공항에서도 그랬고 비행기 안에서도 그랬고 현지에서도 그랬다.

슬이에게 주는 나의 선물은 나의 마음. 마음의 표시. 무엇을 주었는지, 그 주었다는 사실조차 잊고 자꾸만 주고 싶은 나의 마음이여. 눈 감은 자의 마음이여. 선물은 주는 사람과 받는 사람만 아는 물건이다. 거기에는 주는 사람과 받는 사람의 마음이 실려 있다. 하나의 비밀이다. 그러므로 선물을 주고받는 것은 비밀을 나누어 갖는 행위이다. 선물은 공유된 비밀이기도 하다. 둘이만 아는 그 어떤 비밀의 통로이다.

그 마음이여. 나의 선물이여. 부디 오래 살거라. 젊고 이쁜 슬이한테로 가서 오래 반짝이며 살거라. 나 지상에서 사라진 뒤에도 너 오래토록 슬이와 함께 반짝이며 살아 있거라. 그러할 때 나의 마음 또한 오래 오래 살 것이고 반짝일 것을 믿는다.

지금도 나는 선물가게나 주얼리가게 앞을 지날 때면 버릇처럼 발길이 멈춰진다. 한참을 또 서서 안을 들여다본다. 선물가게 유리창 가에서 누군가 웃고 있다. 젊은 여자, 슬이다. 그러나 이제는 선물을 잘 사지 않는다. 귀걸이를 사는 일이 주저해진다. 슬이가 요즘 들어 나한테 선물 받기를 좋아하지 않는 눈치라서 그렇다. 쓸쓸히 웃음 지어본다. 천천히 발길을 돌린다. 그것은 어느 날의 나.

나에게는 슬이 네 자신이 하나님이 내려주신 지상에서의 선물이다. 그 무엇과도 바꿀 수 없는 선물이다. 그 어떤 보석보다도 빛나는 보석이다. 살아있는 기쁨이고 생의 보람이다. 그러나 슬아, 그동안 억지로 너에게 선물을 자주 주어서 미안해. 그 또한 무리였을 것이야. 실은 너에게 준 선물은 너를 위해서 주었다기보다는 나를 위해서 주었던 것 같아.

이제 솔직히 말한다. 내 마음이 편하기 위해서 너에게 그토록 자주 선물을 했던 것 같아. 이것 또한 미안한 일이지. 번번이 내가 주는 선물을 별 투정 없이 받아줘서 고마워. 앞으로도 가끔은 내 선물을 받아줬으면 좋겠어.

어제도 서울에 다녀오면서 슬이에게 줄 선물 몇 가지를 준비했다.
"아마도 원장님은 마음속에 여자가 살고 있나 봐요. 어떻게 이렇게 예쁜 것들만 사오세요."
"너니까, 다른 사람이 아니고 슬이 너니까 사다 주는 거야."
"그래도 남자들은 이런 것 어디서 파는 줄도 모르던데……."
"내가 아니고 너야. 내 마음속에 네가 살고 있으니까 예쁜 것들이 보이는 거야. 내가 보는 것이 아니고 네가 보는 것이지."

정말로 그럴는지도 모른다. 예쁜 물건만 보면 내 마음속에 들어 있는 슬이가 그 물건들을 발견하게 하고 나는 또 슬이 생각이 저절로 나고 슬이한테 주어야지 그런 생각이 다시 나서 선물을 사게 되는 것인지도 모른다. 그러나 어린 슬이가 어찌 그런 걸 다 알겠는

가. 다만 오늘도 나는 슬이의 선물을 사서 기쁘다. 내가 주는 선물을 끝까지 마다하지 않는 슬이가 고맙다.

나는 슬이에게 목걸이든 귀걸이든 사주고서는 이내 잊어먹는 사람. 볼 때마다 그거 누가 사준 거냐고 조르듯 묻곤 한다. 그러면 슬이는 내가 사주었다는 말 대신 누가 사주긴 사주었는데 사준 사람을 잊어먹었다고 대답하곤 한다. 그런 슬이가 더 귀엽다. 무엇이든 더 사주고 싶은 마음이 든다. 이것이 슬이의 숨은 매력이다. 마음으로야 무엇인들 슬이에게 주지 못하랴.

도깨비 사랑

빚을 갚고서도 또 갚는 것이
도깨비의 셈법이다
주었다는 사실조차
잊어버리는 것이 도깨비의 사랑이다

오늘 내가 너에게 주는 사랑은
도깨비 사랑
이미 준 것을 잊어버리고
똑 같은 것을 또다시 준다.

글 쓰는 사람들이 글을 썼을 때 받는 것이 원고료
이다. 나도 물론 글 쓰는 사람이므로 원고료란 걸 자주 받는다. 원
고료는 정신적 노동의 대가. 때로는 공짜 같은 생각이 들어 그 원고
료를 누구와 함께 나누어갖고 싶은 생각이 없지 않다. 그래서 가끔
은 친구들에게 술을 사기도 한다. 밥을 사거나 차를 사서 함께 마셔
도 아깝지 않다. 그만큼 원고료는 기분이 좋은 돈이고 깨끗한 돈이
다.

가끔 나는 쓰고 싶은 글, 마음에 드는 글이 쓰여지면 주위 사람들
에게 원고료를 준다. 글을 쓰기는 내가 썼지만 기분이 좋으니 돈을
주는 것이다. 말하자면 거꾸로 주는 돈이다. 특히 내 글의 소재나
모델이 된 사람들에게는 더욱 원고료를 챙겨서 주고 싶어진다. 언
젠가는 그 글이 발표되거나 책으로 만들어지면 원고료나 인세를

받을 것이다. 그 돈을 미리 쓰는 셈이다.

최근 들어 가장 많이 내 글의 소재가 되었을 뿐더러 나로 하여금 글을 쓰도록 충동을 준 사람은 슬이. 슬이를 소재로 얼마나 많은 글을 썼는지 모른다. 얼마나 오랜 시간 기쁜 마음, 설레는 마음을 슬이가 주었는지 모른다. 삶의 의욕 자체가 슬이였다. 생명 그 자체가 슬이였다. 얼마나 감사한 노릇인가!

그러므로 슬이에게 더 많이 원고료를 지불해야 함이 마땅하다. 슬이는 나로부터 원고료를 받을 자격이 충분하다. 그렇다고 돈으로 줄 수는 없는 일. 선물로 주어야지. 이렇게 원고료 조로 주는 선물이라면 슬이도 충분히 이해해 줄 것이다.

여기서 생각을 조금 발전시켜 꽃이나 강물이나 나무나 하늘, 바람, 비나 눈, 별, 새소리, 물소리, 흰 구름을 소재로 해서 기분 좋은 글을 썼다고 그러자. 그렇다면 나는 그런 것들에게도 원고료를 주어야 한다. 꽃에게 주는 원고료? 바람이나 흰 구름에게 주는 원고료?

이야기는 그럴듯하지만 어떻게 사람도 아닌 그들에게 원고료를 전한단 말인가? 선물로 바꾸어 준다 해도 어떻게 준단 말인가? 이 또한 막막한 일이다. 그렇지만 이러한 생각은 우리의 상상력에 많은 도움을 준다. 발상의 전환을 일으킨다. 아, 내가 왜 이적지 이런 걸 몰랐던가, 반문하게 한다.

그렇다. 마음으로 그들에게 원고료를 주면 된다. 감사한 마음, 부드러운 마음, 따스한 마음으로 그들에게 선물을 대신하면 된다. 그들도 모르지 않을 것이다. 우리가 좋은 마음, 공손한 마음으로 바라고 생각하고 귀 기울이면 그들도 좋은 마음, 순한 마음, 귀한 마음을 허락해줄지 모른다.

'감사합니다. 당신이 주시는 선물 잘 받았습니다.' 미처 우리의 눈과 귀가 알아듣지 못하는 그 어떤 미세한 느낌과 언어로 자기네들의 마음을 보여줄지 모른다. 이것을 우리가 또 겸허히 부드러운 마음으로 받아서 쓸 때 좋은 글이 쓰여지고 아름다운 시가 탄생하지 않을까……. 슬이 덕분에 이런 엉뚱한 생각까지 다하게 된다. 다시 한 번 슬이에게 고맙다.

별짓

어제 사서 감추어가지고 온 귀걸이를 아침에 내밀었다
아이 뭘!
좋알대며 받아서 걸어보는 너의 귀가 하느적이는 나비처럼
예뻤다

점심때 함께 식사하고 나오며 네 신발을 가지런히 돌려주었다
아이 뭘!
신을 신는 너의 두 발이 꼭 포유동물의 눈 못 뜬 새끼들처럼
귀여웠다

오후에 가게에서 소프트아이스크림을 사들고 뛰어와
너에게 주었다
아이 뭘!
흰 구름 같은 아이스크림을 빠는 너의 입술이 하늘붕어처럼

사랑스러웠다

아이 뭘……
내가 별짓을 다한다.

스물다섯 번째 이야기 *좋아한다는 말*

슬아, 평소 너에게 들려주고 싶은 말들은 아주 많아. 그것은 단순히 생활의 얘기나 업무에 관한 것이 아니야. 우리의 삶에 관한 얘기, 특히 마음에 대한 이야기야. 우리의 감정과 느낌이란 것, 그것은 참 묘한 거야. 어떤 느낌과 감정을 갖느냐에 따라 우리의 삶이 달라지고 우리의 세상이 달라지기 때문이야.

좋다 나쁘다 그런 것들이 다 감정이지. 더 자세히 말하면 희로애락喜怒哀樂 모두가 다 여기에 들어가. 그런 걸 더 어렵게는 칠정기쁨, 노여움, 슬픔, 즐거움, 사랑, 미움, 욕심이라고 말하기도 해. 이 가운데서 가장 중요한 감정은 기쁨이야. 사람은 기쁜 마음을 얼마나 갖느냐에 따라 그 사람의 인생이 달라지도록 되어 있어. 행복을 느끼게 하는 것도 이 기쁜 마음이 하는 일이야.

기쁨을 느끼는 마음의 크기에 따라 밝고 환하고 희망찬 인생을 살 수도 있고 그렇지 않을 수도 있어. 기쁜 마음이 부족하면 우울한 사람이 되고 소극적인 사람이 되고 그것은 끝내 그를 실패한 인생으로 이끌어 가지. 기쁨을 많이 갖기 위해서는 좋아하는 마음이 중요해. 사람이나 일을 좋아하든 사물을 좋아하든 좋아하는 마음이 있어야만 해.

슬아. 네 눈앞에 예쁜 꽃이 있다면 예쁘다고, 꽃이 예쁘다고 말을 하기 바래. 그렇지 않으면 후회하게 돼. 시간이 지나면 예쁜 꽃은 사라지고 우리 자신도 그 자리를 떠나기 때문이야. 그것은 어길 수 없는 일이야. 생명 가진 존재들의 속성이니까.

사람을 상대할 때도 마찬가지야. 좋아하는 마음이 생기면 좋아한다는 말을 주저하지 말고 해야만 해. 다음에 기회가 있을 것이라고 믿는 것은 어리석은 일이야. 기회는 더 이상 오지 않아. 나도 변하고 너도 변하는 것이 사람의 일이야. 언제든 앞에 있는 좋아하는 사람이 떠날 수 있는 일이고 우리도 떠날 수 있는 일이야.

예쁜 꽃을 보고 예쁘다고 말하고 나면 더욱 예뻐진 것 같고 좋아하는 사람을 두고 좋아한다고 말하고 나면 정말로 좋아하는 것 같이 돼. 그것이 우리들이 날마다 사용하는 말의 신비함이야. '네가 말한 대로 되리라.'는 경전의 구절도 있지. 사람이 부정적인 말을 자주 하면 부정적인 세상이 되고 긍정적인 말을 자주하면 또 긍정적인 세상이 된다고 그래.

말은 처음엔 사람의 생각이나 마음을 표현하는 수단으로 쓰여졌지. 그러나 말로 표현하고 나면 그 무언가가 확실해지고 분명해져. 아닌 것도 그런 것처럼 느껴지지. 하나의 자기 최면이고 다짐 같은 거야. 그렇게 말은 영혼의 힘을 가졌어. 애당초 말을 만든 건 인간이지만 인간을 만드는 것은 다시 말이야. 교육이나 학문이나 예술이 그래. 상당부분 이러한 말한테 빚을 지고 있는 형편이지. 심지어 하이데거 같은 철학자는 '언어는 존재의 집이다.'라는 말까지 남겼지.

앞으로 살아가다가 네 눈앞에 예쁜 꽃이 나타나면 망설이지 말고 예쁘다고 말을 하도록 해. 또한 좋아하는 사람이 생기면 주저하지 말고 좋아한다고 고백하기 바래. 그러면 꽃은 더 예쁜 꽃이 될 것이고 좋아하는 사람은 더욱 좋아하는 사람이 될 것이야. 그러면 기쁜 마음이 점점 늘어날 거야.

모든 것은 순간의 일. 꽃이나 사람이나 우주공간의 별처럼 스쳐서 지나가는 운명적인 존재. 절호의 찬스를 놓치는 것은 어리석은 일이야. 슬이 너는 영리한 사람이니까 이러한 것들을 내가 두 번 세 번 강조하지 않아도 잘 알 것으로 믿어. 우리 기쁘게 살자. 아름답게 살고 좋은 것들을 꿈꾸며 살자.

차라리 들켜버리고 싶었을 것이다. 슬이만 보면 슬이의 얼굴에 가 고정된 채 헤어나지 못하는 나의 눈빛. 슬이의 목소리만 들어도 황홀해 하는 나의 표정. 나는 왜 날마다 체면도 없이 이러는가. 눈빛조차 퀭하니 빈 것 같았을 터였다. 몸은 여기에 있지만 마음은 어디 먼 곳에 가 있는 사람 같았을 것이다.

이게 다 슬이가 주는 이끌림이다. 마력이다. 실상 슬이는 외견상 별로 매력 만점의 처녀는 아니다. 예쁜 외모도 아니다. 다만 나한테 예쁘게 보일 뿐이다. 키도 작고 우울한 표정을 자주 지으므로 친화력도 부족한 편이다. 그러나 슬이는 키가 작은 대신 몸집이 통통하고 동글동글하여 귀염성이 있다. 얼굴 또한 동안이다. 그리고 차림도 아주 귀엽고 특색 있게 꾸밀 줄 안다.

아마도 이런 점이 나에게 어필되었지 싶다. 안쓰러운 마음을 불러왔고 잃어버린 그 무엇을 그리워하면서 조금씩 마음을 옮겨갔겠지 싶다. 슬이는 젊다. 젊은 처녀. 나한테는 그냥 귀여운 여자아이이다. 바라보기만 해도 즐겁고 사랑스러운 마음이 절로 난다. 그냥 아껴주고만 싶은 생각이 든다. 무엇보다도 슬이한테 끌린 것은 슬이가 젊다는 점이다.

젊다는 건 건강하다는 것이고 아름답다는 것이고 생명력이 충만하다는 것이다. 그것은 또 눈부시다는 것이고 싱싱하다는 것이고 풋풋하다는 것이다. 또 그것은 미성숙이고 서투름이고 철없음이고 버릇없음이기도 하다. 슬이가 바로 그랬다. 슬이는 나한테 없는 많은 것들을 가지고 있었다. 그것이 슬이의 재산이다. 이런 점에서 나는 가난뱅이고 슬이는 부자다. 이래서 또 나는 슬이를 많이 부러워하고 그리워했는지 모른다.

그리움이란 무엇인가? 결코 여기, 현재에 없는 것을 생각하고 사랑하는 마음이다. 시간으로 보든 공간으로 보든 상실된 그 어떤 것을 회복하고자 하는 욕구가 만들어낸 허황된 수풀이다. 바로 슬이가 나한테는 그러한 그리움의 대상이었다. 슬이는 내가 잃어버린 것들을 가지고 있었다. 슬이한테 마음이 기울고 빠지는 건 바로 이런 것들이 이유였을지 모른다.

나에게 그리움은 어려서부터의 하나의 질병 수준이었다. 턱없이 먼 것을, 지금 여기에 없는 것들을 그리워하며 살았다. 초등학교 시절, 내 그리움의 지역은 서역 어디쯤이었다. 커다란 파초나무 이파리 너울대는 샛길을 따라 깨끗한 모랫길을 걸어 진한 황톳빛 노을이 지는 하늘이 내려다보이는 어디쯤이었다. 어쩌면 내 영혼이 그 어디쯤에서 왔을 것이라는 생각을 자주 하곤 했다.

그 다음 청소년기엔 서역에의 꿈이 서양의 풍경으로 바뀌었다. 아무래도 그곳은 유럽의 어디쯤이어야만 적당할 것 같다. 수풀 우거진 높은 산이 보이고 맑은 물, 개울이 흐르고 개울가엔 이름을 알지 못하는 여러 종류의 꽃들이 피어 있어야 했다. 툭 터진 깨끗한 하늘이 있는 곳. 사람들이 평화롭게 사는 땅. 더러는 풀밭에 매어놓은 송아지의 방울소리가 풀꽃 향기 속으로 은은히 스며들어가는 그 어떤 장소. 빨간 지붕의 양옥집이 있고 새하얗게 칠한 벽으로 유리창이 눈을 뜨고 내다보고 있을 것이다. 그 집에는 단발머리의 계집애라도 하나 살고 있을까.

그러나 그곳을 찾아가서는 안 된다. 확인해서는 더욱 안 된다. 있는 그대로 그냥 놔둬야만 한다. 비록 찾아간다 해도 내가 꿈꾸는 그곳은 결코 아니다. 그렇다고 아예 존재하지 않는 것도 아니다. 어디에 있는가? 지상 어디인가에는 분명 있어야만 한다. 그렇게 믿어야만 한다. 마음과 마음 사이, 여기와 거기 사이, 현실과 환상 사이, 실재와 부재 사이에 그리움은 무지개처럼 아득하게 걸쳐 있는 것인지도 모른다. 어쨌든 없는 것을 있는 것으로 생각하고 사랑하는 마음이 그리움이다. 먼 곳으로 떠나는 마음이 그리움이다. 그러기에 그리움은 끝없이 애달픈 마음이다.

몽실몽실하다. 짤막짤막하다. 귀엽다. 사랑스럽다. 예쁘다. 그리고는 어리다. 이것은 슬이를 그려보는 여러 가지 표현들. 그렇지만 슬이는 가까이 가서도 안 되고 확인해서도 안 되는 그 어떤 존재다. 신비의 영역이다. 신성불가침이다. 나는 지금 슬이를 바라보면서 몽글몽글 흰 구름이 피어오르는 하늘을 더불어 바라보고 있다. 물방울이 튀기며 흘러가는 융융한 강물을 또한 꿈꾸고 있다. 그 모든 혼합체가 바로 슬이다.

느낌

눈꼬리가 휘어서
초승달
너의 눈은…… 서럽다

몸집이 작아서
청사과
너의 모습은…… 안쓰럽다

짧은 대답이라서
저녁바람
너의 음성은…… 섭섭하다

그래도 나는 네가 좋다.

　　슬이는 치마차림보다는 바지차림을 좋아한다. 기
온이 낮은 날만 그런 것이 아니라 더운 날에도 즐겨 바지 차림이다.
짐작컨대 자신의 다리가 너무 통통하고 짧다는 자각 때문에 그런
게 아닌가 싶다. 그러나 내가 볼 때에 슬이한테 가장 매력적인 부분
가운데 하나가 이 다리다. 적당히 살이 오른 다리는 얼마나 귀엽고
사랑스러운 다리인가. 마치도 중학교 3학년이나 고등학교 1·2학
년 학생의 그것과 비슷한 다리다.

　　이렇게 통통하고 실팍한 두 다리로 턱 버티고 서 있는 슬이. 얼마
나 의연한 자세인가. 이는 들판에 외롭게 서 있는 당당한 두 그루
미루나무를 연상하게 한다. 백두산 가는 길에 보았던 자작나무의
밑둥을 다시 본 듯하게 한다. 자랑스러운 두 개의 다리여. 왜 다리
의 주인은 그 아름다운 다리를 자랑스러워하지 않는가!

어쩌다 슬이가 치마차림을 할 때가 있다. 아주 드물게는 짧은 바지 차림을 할 때도 있다. 그런 날은 슬이가 사진 찍기를 한사코 거부하는 날이다. 처음엔 몰랐으나 자신의 다리가 사진에 찍히는 것을 싫어해서 그러지 싶다. 이렇게 슬이가 치마차림이거나 반바지 차림인 날은 내가 또 슬이의 사진을 찍고 싶어 안달하는 날이기도 하다.

실상 슬이에 대한 나의 사진 찍기는 슬이의 모습을 보다 오래 동안 간직하고 싶어하는 욕망이 꾸며낸 하나의 편법이기도 하다. 이것도 하나의 도둑질이라면 도둑질이다. 훔쳐오는 행위다. 슬이를 갖는 방법, 소유의 방법이다. 슬이의 모든 것을 내 것으로 하고 싶다. 그러나 그 어떤 방편으로도 슬이를 소유할 수가 없는 나로서는 사진 찍는 길밖에는 달리 방법이 없다. 그래서 나는 슬이에 대한 사진 찍기에 몰입해야만 했나 보다.

이러한 음험한 의도를 영리한 슬이가 모를 리 없다. 그래도 슬이는 가끔은 나의 소원을 들어준다. 뿐더러 의외의 횡재를 주는 날이 있다. 슬이가 맨발을 보여주는 날이다. 어쩌다 여름날 점심시간 함께 점심식사를 하러 갈 때 슬이는 더러 맨발을 보여준다. 오동통한 다리 아래 잘록한 발목. 그 아래 매달린 조그만 맨발. 조금은 또 뭉뚱한 맨발이다.

발도 자그맣지만 발가락들도 자그맣다. 두 개의 발에 열 개의 발가락들이 매달린 것이 꼭 조그만 물고기들이 조롱조롱 매달린 것 같다. 이 발가락들이 좍 좌우로 벌려질 때는 또 얼마나 환상적으로 예쁘고 귀여운지 모른다. 가슴이 다 간질간질할 정도로 귀엽고 사랑스럽다.

슬이의 이런 열 개 발가락들 가운데 가장 매력적인 발가락은 엄지발가락이다. 발가락의 주인공이 모둠발을 하고 서 있을 때 두 개의 엄지발가락은 예외 없이 살짝 고개를 치뜨고 위쪽을 보곤 한다. 길지도 않고 작달막하고 뭉뚱한 엄지발가락이 고개를 들고 그러는 게 또 얼마나 사랑스러운지 모른다. 요놈! 하고 다가가 손으로 움켜쥐고만 싶은 마음을 간신히 참아야 한다. 그런데 또 나머지 여덟 개 작은 발가락들은 안쪽으로 오무려뜨려 구부려지기 마련이다. 어려서부터의 버릇일까? 수줍음 때문일까? 주인의 마음을 대변해주는 것처럼 보인다.

빈방을 건너가는 슬이의 맨발은 하얀 돛을 높이높이 올리고 넓은 바다를 가로지르는 하나의 범선. 희고도 눈부시다. 자랑스럽다. 아니다. 푸르고 깊은 바닷물을 가르며 헤엄치는 새하얀 물고기 두 마리. 잠방잠방 방바닥을 딛고 가는 둥그스름하고 잘록하고 살이 오른 사랑스런 물고기다. 그렇다면 발가락들은 무엇이란 말인가? 짤막짤막하고 오동통 살이 찐 발가락들은 또 무엇에 비유한단 말인가? 꽃나무에 매달린 어여쁜 꽃송이, 꽃부리라 그럴까. 아니면 더욱 작아서 귀여운 물고기들이라 그럴까.

가슴 아리도록 어여쁜 맨발이여. 눈부신 신비여. 비밀의 보배합이여. 나는 늘 그 앞에서 한숨을 쉬는 사람이고 무릎 꿇고 경배 드리고 싶은 사람이었구나!

물푸레나무 그늘 아래

꽃이 피어 있었을까?
새가 울고 있었을까?
그런 것은 몰라도 좋았다

애, 발을 좀 보여주지 않을래?
부끄러워서 싫어요

꽃이 피어 있었을까?
새가 울고 있었을까?
그런 것은 다시금 몰라도 좋았다

애, 물이 차고 맑은데 우리
개울물에 발을 좀 담그지 않을래?
그럴까요……

맑은 물 푸르게 흐르고

물푸레나무들 그늘 또한

맑고 푸르게 흐르는 개울가

네 조그만 맨발에 올망졸망 매달린

조그만 발가락들이 콩꼬투리 팥꼬투리처럼

꼬물대는 것이 너무나도 귀여워서 나는

속으로 웃음이 나왔다.

따릿 따리링.

핸드폰 신호음 소리.

"여보세요?"

"네."

"경이니?"

"예슬이요."

"나 서울 가는 길이야."

"네."

"출근 잘 했어?"

"네."

"〈금강포럼〉 OK교정 잘 끝냈어?"

"네."

"오늘 경이랑 점심 잘 먹어."

"네."

"나 지금 서울 가는 차 안이야."

"잘 다녀오세요."

"잘 있어."

"네."

늘 이런 식이다. 이것은 어느 날 출근을 하지 않고 서울로 볼일 보러 갈 때 사무실에 있는 슬이와 통화한 내용의 기록. 주로 말은 이쪽에서 하고 슬이는 대답만 할 뿐이다. 그것도 '네'라는 한 마디 음절의 대답. '네'라는 대답을 슬이처럼 용의주도하게 필요적절하게 사용하는 사람도 없겠지 싶다. 위의 대화에서도 제일 긴 말은 '잘 다녀오세요.'인데 이 말은 슬이 입장에서는 선심성 발언이면서 그야말로 마지못해서 한 말이기도 하다. 그것도 자그맣게 기어들어가는 목소리로 한 말이다. 그리고는 네, 네, 네… 네의 일색이다.

그렇지만 이렇게 마지못해서 하는 한 마디 말, 끝부분에 나온 '잘 다녀오세요.' 같은 말 한 마디는 내 마음을 얼마나 가득하게 편안하게 하는지 모른다. 목이 메게 하는지 모른다. 이 한 마디가 가슴 속에 안쓰러움으로 남는다. 아, 저 아일 어쩌나? 이것은 또 밑도 끝도 없는 슬픔을 유발시킨다. 가슴을 연보랏빛으로 물들이게 한다. 그래서 울컥 슬이가 보고 싶다는 마음에 사로잡히게도 한다.

슬이가 하는 '네'라는 말은 비록 한 마디 음절이지만 여러 가지 의미로 사용된다. 의사표현으로는 긍정과 부정이 있고 의문과 느낌, 연결이 있다. 또 감정표현으로는 유쾌함과 불유쾌, 평정과 불안이 있다. 슬이는 그걸 적절히 안배하여 사용하는 솜씨를 지녔다.

'네.' 이것은 그냥 편안한 긍정. 무심한 듯 무덤덤한 네. 대부분의 대답은 이러한 '네'가 많다. '네에에?' 이것은 의문의 표시. 길게 '네~에.' 이것은 이야기 내용이 이어지고 있다는 표시. 또 짧게 '네 ╱.' 이것은 알았노라는 경쾌한 긍정. '네에╲.' 이것은 그렇긴 그런데 별로 맘에 들지 않는다는 표현.

슬이의 대답 가운데 마음을 가장 많이 끄는 대답은 '네'를 길게 발음하는 경우이다. 대개 앞의 말과 뒤에 오는 말을 연결한다든지 인정해준다든지 그럴 때 사용하는 '네'인데 '네'를 '네에'라고 소리 낸다. 그런데 뒤에 오는 '에'보다는 앞의 '네'를 길게 내면서 저음으로 간다. 약간은 그 부분이 말랑말랑하기도 하고 끈적거리기도 하면서 반짝이는 것처럼 느껴지기도 한다. 이러한 '네'를 굳이 문자나 기호로 표시한다면 '네∨에'가 될 것이다.

그런데 그 '네'라는 낮고 긴 소리 속에 온갖 느낌이 섞여있게 마련이다. 잠시의 망설임과 서성댐, 그리고 상대방에 대한 배려와 인정, 나아가 연민의 마음까지가 고르게 담겨있다. 아마도 이런 느낌을 알아차리는 사람은 매우 예민하고 까다로운 사람일 것인데 내가 바로 그런 사람 가운데 한 사람이다. 어쩌면 슬이의 '네'라는 대답의 진가를 가장 잘 알고 사랑하는 사람이 바로 나일 것이다.

언제고 전화를 끝내고 나면 전화기에 섭섭함이 묻어나고 끝내 그것은 하나의 허전함으로 남곤 한다. 이것도 하나의 이끌림일까? 말리지 못할 연정일까? 슬이는 참 묘한 매력을 지닌 아이다. 힘이 센 아이다. 내 마음을 '네'라는 대답 하나로 붙잡아 매어놓고 놓아주지를 않다니…….

네. 네에에? 네~에. 네↗. 네에↘. 네∨에. 참 여러 가지의 '네'이다. 이렇게 해서 나는 슬이가 하는 말 가운데 '네'라는 말 한 마디만 가지고서도 슬이와 대화할 줄 알고 슬이의 의중을 헤아려 아는 사람이 되었다. 슬이의 말 가운데서 내가 가장 좋아하는 말은 바로 이 '네'라는 말. 네, 네, 네, 네. 끝없는 '네'의 연속. 나는 이렇게 날마다 슬이의 '네'라는 말의 의미를 들여다보면서 슬이의 마음 속 호숫가를 어슬렁거리는 사람으로 변해가고 있었다.

어느 날 오전 11시가 가까운 시각. 연구원으로 전화를 걸었을 때의 일이다.

"여보세요?"

"연구원입니다."

"누구니?"

젊은 여자아이들 목소리는 비슷한 구석이 있어 언뜻 슬인지 경인지 분간이 안 간다. 헛갈리게 한다.

"예슬이요."

"아, 그렇구나. 근데 원장이 11시가 가깝도록 출근을 안 했는데 궁금하지도 않니? 전화라도 한 번 해볼 것이지."

조금은 장난기로 농담 삼아 던진 말이다. 이런 말에 그냥 기가 죽고 위축될 슬이가 아니다.

"아, 원장님. 조금만 참고 더 기다리시지 그랬어요. 지금 원장님께 전화 드리려던 참이었어요."

얘가 이런다, 얘가. 이렇게 재치가 있고 맹랑하다. 피식 웃음이 나온다. 슬이는 내가 한 말에 무언가를 더 얹어서 돌려준다. 되로 주고 말로 받는 격이다. 이런 대화 하나에서도 나는 삶의 아름다움을 발견하면서 생기를 되찾는다. 좋은 날이다.

전화를 걸 때마다 슬이는 다른 말은 하지 않고 '네'라고만 대답한다. 네? 네. 네에. 계속되는 네, 네, 네라는 대답의 수풀. '네'라는 대답 말고는 다른 말을 할 줄 모르는 사람처럼 그런다. 그러나 나는 슬이의 그 네라는 대답이 좋다. 듣고 들어도 또 듣고 싶어진다.

그 '네'라는 대답 속에 나의 하루하루가 숨 쉬고 있고 나의 소망, 나의 의지가 깃들여 있다. 그 무엇으로도 대신하기 어려운 진실이 담겼고 조화와 리듬이 살아 있다. 슬아, 오늘도 나는 너의 그 '네'라는 한 마디 말로써 충분히 가득하고 행복한 사람이란다.

돌멩이

이렇게 물어도 네
저렇게 물어도 네
언제나 대답은
짧게 네 한 마디

싫어도 네
좋아도 네
언제나 반응은
무심한 듯 네 한 마디

궁금한 마음
답답한 마음
돌멩이 되어
마음의 호수에 가라앉는다.

스물아홉 번째 이야기 *개울을 따라*

  일 년 사계절 가운데 가장 아름다운 계절은 여름
철이다. 모든 생명체들이 한껏 성장하고 변화하고 활동하는 계절.
확장되는 계절. 여름철은 실로 대지의 생기로 가득한 계절이고 에
너지로 넘쳐나는 계절이다. 마음껏 기지개를 켜면서 활보하는 계
절인 동시에 느슨하게 이완되기도 하는 한 시절이다.

  여름철은 아무래도 불과 물의 계절. 하늘에 이글거리는 태양을
보라. 지상의 모든 생명의 양식은 오직 태양으로부터 오므로 여름
철 태양은 어진 부성父性과 같다. 모든 풀과 나무들은 태양이 주는
불을 양식으로 바꾸어 비축하기에 영일寧日이 없다. 또한 구름이 하
는 일은 물을 주는 일이다. 와글와글 구름떼를 몰고 와 지상에 물세
례를 내린다. 그런 점에서 구름은 또 하나의 모성母性이다.

이렇듯 아름다운 여름철 가운데서도 더욱 아름다운 날은 장맛비 내리는 도중에 잠깐 날이 든 어느 날이다. 며칠을 두고 어둡고 습습한 날이 계속되다가 거짓말처럼 반짝 햇빛이 든 날. 세상은 새로 태어난 아기 같은 세상이 된다. 비에 말갛게 몸을 씻은 나무와 풀들은 그 이파리 하나하나, 줄기 하나하나가 반짝이고 흰 구름은 또 먼 하늘에서 실눈을 뜨고 이윽히 우리를 내려다보고 있다.

만약 당신이 개울물을 따라 걷거나 자전거를 타고 가는 사람이라면 개울물 전체가 살아있는 기다란 짐승처럼 명랑하게 소리하면서 흘러가는 것을 보게 될 것이다. 개울물 위에 수없이 반짝이는 물비늘을 또 만나게 될 것이다. 혹, 여자고등학교 앞길이라도 지나게 된다면 새하얗게 빛나는 여고생의 실한 종아리를 만나게 되는 날도 필시 이런 날일 것이다.

이렇게 반짝 햇빛이 든 날을 놓칠 리 없는 녀석들이 잠자리들이다. 수풀 속에서 비를 피하고 있던 녀석들이 왈칵 쏟아져 나와 비행 연습을 하기 시작하는 것이다. 어쩔 때는 외롭게 혼자서 물을 거슬러 올라가는 잠자리 한 마리를 만나기도 한다. 녀석은 마치 공항의 활주로를 역주행하는 한 대의 항공기를 연상하게 한다.

이런 좋은 시간을 놓치지 않는 축들이 또 있다. 매미들이다. 높은 감나무에서 우는지 살구나무에서 우는지 매미울음소리는 바람에 날려 짜르르 하늘에 날린다. 매미소리는 파랑 빛깔이다. 그것은 마치 비단 필을 풀어헤친 듯 펄럭인다. 하늘의 강물과 같다.

매미소리도 도시에서 우는 매미소리와 시골에서 우는 매미소리는 많이 다르다. 도시에서 우는 매미소리는 불빛이나 자동차 소음 같은 것에 스트레스를 많이 받아서 그런지 사납고도 시끄럽다. 씨울씨울씨울. 마치 욕설을 퍼붓는 것처럼 운다. 그러나 시골에서 우는 매미소리는 매우 편안하고도 유장하다. 짜르르르. 마치 그것은 넓은 하늘벌판에 비단 필을 풀어헤친 것 같고 맑고도 푸르게 흘러가는 강물과 같다.

이런 날은 또 내 마음도 가만히 있지를 못하고 멀리 떠난다. 유럽이라도 좋고 유럽 가운데 스위스라 해도 좋다. 다시 미국이라 해도 좋다. 그러나 그 유럽, 그 스위스, 그 미국은 지도에 있는 그 어떤 나라가 아니다. 철저히 내 마음 속에만 숨어있는 어떤 나라들이다.

장마철에 잠시 비 갠 날, 개울을 따라가면서 나는 잠자리들을 보고 매미소리를 듣는다. 기분 좋은 일이다. 더불어 지도에도 없는 먼 나라들을 꿈꾼다. 잠시 동안의 행복이다. 그러기에 나이 들어가면서 나는 사계절 가운데 여름철을 좋아하게 되었는지 모르겠다. 이런 좋은 여름날에 또 나는 가까이에 없는 슬이를 생각하며 혼자서 조그맣게 미소를 머금어 보기도 한다. 고마운 일이다.

아침부터 구름이 심상치 않았다. 낮게 드리운 구름이 아니라 하늘 높이 뜬 구름, 건물로 치자면 1층이나 2층·3층의 단독주택이 아니라 10층·20층 고층아파트 같은 구름이다. 차라리 그건 대리석 궁전이라고나 그럴까. 해마다 장마철이 끝날 때쯤이면 하늘은 이런 구름을 보여준다.

일 년 가운데 가장 높이 솟는 구름이다. 그만큼 대기활동이 활발하다는 얘긴데 그동안 지상에 쌓인 에너지가 대기 중 수증기를, 높이 높이 밀어 올려 저토록 아스라한 구름의 곡예를 연출해내는 것이리라. 하늘의 반을 차지하는 경우도 있다. 금방 생기고 부서지고 용트림하는 것이 그야말로 장관이다.

구름이 간다. 빠르게 하늘 벌판을 달려서 간다. 어디선가 급한 일이라도 벌어진 것일까. 구름은 꼭 싸움터로 몰려가는 고대의 병정들 같다. 구름이 가는 곳은 북쪽, 서울. 그렇다면 그들은 지금 서울로 유학길 떠나는 젊은이들이란 말인가? 아니면 집단 가출하는 농촌소년들이란 말인가?

저 구름 몰려가서는 분명 어딘가 큰 비를 내리게 하고 물난리를 일으킬 것이다. 그래서 마음이 불안한 것인가. 하늘 가득 출렁이며 흐르는 구름을 보고 있으려면 까닭 모를 불안에 휩싸인다. 요즘은 장마철이 끝난 뒤에 오히려 더 큰 비가 내리고 물난리를 일으키고 그런다. 하늘이 변하고 구름이 변한 것이다.

그래도 나는 여름 하늘의 구름을 무척이나 좋아하는 사람이다. 여름 하늘에서 만나는 구름은 대개가 회색빛 구름. 사람들은 그런 구름을 별로 좋아하지 않는다. 그러나 나는 검은 구름도 좋아한다. 오히려 흰 구름보다 무언가 모를 깊은 속내를 숨기고 있을 것만 같아서 은근히 정이 가기도 한다.

여름 하늘에서 만나는 구름 가운데서 더욱 좋은 구름은 검은 구름 바탕에서 솟아오르는 흰 구름이다. 몸을 비틀듯 구름이 피어오른다. 용틀임이다. 그 누구도 말리지 못할 마음의 불길만 같다. 정녕 누군가의 끓어오르는 욕망이 저러할까. 안쓰럽기까지 하다.

여름날의 구름은 멀뚱멀뚱 하늘에 떠 있다가 어느 순간 비를 뿌리기도 한다. 마치 안면을 바꾸고 대드는 사람만 같다. 슥슥슥 힘도 들이지 않고 뿌리는 비. 팔을 늘어뜨린 채 몸을 부리는 비. 소낙비다. 가끔 우산 준비도 없이 길을 나섰다가 이런 비를 만나게 되면 참으로 난감하다. 그렇지만 그런 순간에도 구름을 보고 있노라면 구름을 따라 어디로든 가고 싶어진다. 자신도 알 수 없는 미지에의 방랑 충동이다.

구름이 점점 높아진다. 구름이 높아질 때 우리들 마음도 높아진다. 두 손 놓고 오래도록 아무 일도 하지 않고 아무런 생각도 없이 구름을 바라보는 시간을 갖고 싶다. 슬아, 아직도 네가 구름 너머 거기서 나를 바라보고 있구나. 이런 때는 나도 너를 오래 오래 바라보고 싶은 시간이란다. 오늘은 구름 너머 그 누구라도 좋으니 문득 정다운 말 한 마디 건네보고 싶은 날이다.

지금쯤 슬이, 무엇을 할까? 일요일이나 공휴일, 거기다 연휴라도 겹친 날이면 슬이가 매우 궁금하다. 문득문득 슬이의 안부가 궁금하다. 지금쯤 어디 있을까? 어디 먼 곳에라도 가 있는 건 아닐까? 이것도 하나의 금단현상이다. 보고 싶다. 그 목소리 듣고 싶다. 보고 싶은 마음, 그리운 마음이 새벽안개처럼 피어오른다.

일이 없는 날. 한가한 시간. 그 빈틈으로 슬이의 생각이 찾아온다. 아닌 게 아니라 창밖으로 열린 하늘, 구름이 피어오르고 있다. 구름은 내 마음의 표상. 내 마음을 받아 구름은 그렇게 제 몸을 하늘 가득 풀어헤쳐놓는다. 저절로 나의 손은 핸드폰을 꺼내어 거기에 문자를 새겨 넣는다.

구름 높은 구름

좋다 내 마음도 높이 떴다

구름 하얀 구름

좋다 내 마음도 하얗다

거기 너도 있다

좋다 너도 웃는 얼굴이다.

—「구름」 전문

　순식간에 전파는 내 문장들을 데리고 가 슬이의 핸드폰에 한 편의 짧은 시를 남긴다. 곧 잡장이 오겠지. 기다리고 기다린다. 핸드폰을 주머니에 넣었다 꺼냈다 한다. 기다림이 기다림을 낳고 기다림은 또 초조함을 낳는다. 그렇지만 끝내 슬이로부터의 답장은 오지 않는다. 어느 날은 또 이런 문자메시지를 보내기도 한다.

너, 어디쯤 갔느냐?

어디만큼 가

바람을 보았느냐?

꽃을 만났느냐?

꽃 속에 바람 속에

웃고 있는 나

보지 못했더냐?

— 「일요일」 전문

이렇게 핸드폰으로 문자메시지를 보내고 난 다음 날은 슬이가 뾰로통한 표정을 짓게 마련이다. 아주 낯설게 느껴지는 마음. 어딘가 정말 멀리 가 있는 듯한 인상. 슬이가 골이 난 것이다. 원장실 소파에 마주 앉았을 때 그 이유를 알게 된다.

"슬아, 어제 문자메시지 안 받았어?"

"……"

"어제 문자메시지로 시 써서 보냈는데……"

"그런 거 자꾸 보내지 마세요. 누가 보면 오해한단 말예요."

작심한 듯 매몰차다. 쌩하다.

"어, 그래?"

나는 시를 써서 문자메시지를 보낸 일이 칭찬 들을 일인 줄 알고 그걸 또 화제로 삼았는데 슬이의 대답은 영판 다르다. 슬이한테 무안을 당한 셈이다.

이제 다시는 슬이한테 문자메시지를 보내지 않으리라. 그렇게 다잡아 마음을 먹으면서도 어느 날은 또 그런 생각을 까맣게 잊어버리고 문자메시지를 보내기도 한다. 슬아, 거기서 너 잘 있겠지. 나도 여기서 잘 있어. 이런 문자메시지를 받고 슬이는 또 어떤 모습으로 토라져 있을까? 날더러 얼마나 한심한 인간이라 생각할까?

문자메시지 보내놓고
기다리고 기다리고 또
기다려도 답장이 오지 않는
밤 ·········· 길다.

— 「문자메시지」 전문

그렇다고 슬이가 내가 보낸 문자메시지에 전혀 대답을 안 해주는 건 아니다. 가끔은 짧은 답장을 보내줄 때도 있다. 가령, 서울에서 볼 일을 마치고 집으로 돌아오면서 버스 안에서 지금 버스를 타고 공주로 돌아간다는 문자메시지를 보냈을 때 '조심해서 내려오세요.'라고 공손한 말투로 문자메시지를 보내주기도 한다. 경우에 따라서는 '네' 하는 말로 모든 대답을 대신하기도 한다. 그러나 이런 '네'라는 짧은 문자메시지 한 마디가 나에게는 얼만큼 커다란 위안과 안식을 주었는지 모른다.

이렇게 슬이가 보낸 문자메시지 가운데 아직도 핸드폰에서 지우지 못하는 문자 하나가 있다. 그것은 2011년 10월 20일의 문자메시지. 그날은 출근을 하지 않고 고향마을 서천의 판교, 배나무고개란 곳을 좀 찾아가 볼까 해서 길을 떠난 날이었다. 배낭을 메고 카메라를 들고 시외버스를 탔었다.

'오늘은 맑은 날 어디든 멀리 갔다 오려고 그래.' 그렇게 써서 보낸 나의 문자메시지에 슬이는 이렇게 답장을 보내주었다. '네, 어디든 잘 다녀오세요.' 그것은 딸아이가 멀리 가는 아버지에게 하는 당부이기도 하고 철없이 떠도는 손위 남자, 그러니까 오라비에게 들려주는 누이동생의 염려이기도 했다. 이런 문자메시지를 받던 날 나는 얼마나 행복한 마음이었던가!

허지만 슬이는 이런 문자메시지를 자주 보내주지 않았다. 슬아, 나는 지금도 너에게 문자메시지를 보내고 싶고 너의 문자메시지를 받고 싶은 사람. 그렇게 어리석은 사람이란다. 내 문자메시지 좀 받아다오!

문자메시지

머나먼 우주 공간을 가면서
외로운 별 하나가 역시
외로운 별 하나에게 소식을 전하듯
오늘도 나는 너에게
문자메시지를 보낸다

너 지금 어디서 무엇을 하고 있니?
누구랑 같이 있는 거니?
여기서 보는 하늘은 맑고
하늘엔 구름이 떴어
거기 하늘은 어때?

만나지 못하고 지내는
토요일이나 일요일 혹은

공휴일 며칠

보고 싶어서 다시는

만나지 못할 것만 같아서.

누가 뭐래도 시는 청춘의 문학이다. 젊은 시절의 예술이다. 쓰는 시기도 그렇고 읽는 시기도 그렇다. 무엇보다도 시에서 필요한 것은 마음의 물기. 촉촉한 마음이 있어야 한다. 딱딱한 마음 가지고서는 시가 안 된다. 낭창낭창한 마음이어야 한다. 지나치게 이성적인 마음 가지고서는 애당초 시가 되지 않는다. 약간은 푼수가 없어야 하고 사리분별을 잠시 뒤로 해야 한다. 어린아이처럼 천진난만해야 하고 순수한 마음을 잃지 말아야 한다. 뭐든 꼬치꼬치 따지고 실리를 챙기는 마음으론 곤란하다.

순수하다는 것과 어리석다는 것과는 많이 다른 것이다. 순수는 이성과 사리를 넘어서는 문제이다. 충분히 분별력을 지니면서도 어린아이 같은 마음, 부드러운 마음, 융통성 있는 마음, 때 안 탄 마음을 십분 지니고 있는 마음 상태를 말한다. 순수한 사람은 사물이

나 사람을 대할 때 그 특성이 잘 드러난다. 무엇을 대하든 생전 처음 대하는 것처럼 새롭게 대하는 사람이 순수한 사람이다. 자다가 금방 눈을 뜬 아기처럼 깜짝 놀라면서 세상을 바라보고 사물의 진면목을 발견해낼 줄 아는 사람이다.

그러므로 시인은 나이를 더하면서 제대로 된 시를 쓰기가 어려워진다. 사람은 나이를 먹어가면서 점점 감성의 줄이 느슨해지고 사물에 대한 선입견이 늘어가고 이해타산으로 모든 일들을 대하기 쉽다. 이는 시를 위해서는 백해무익한 일. 나 자신 나이를 먹으면서 시가 잘 써지지 않았다. 써졌다면 타성적인 시가 써졌을 따름이다. 이거야말로 시인으로서의 위기. 그 어떤 것으로도 극복이 불가능하다. 그것은 교직의 정년을 맞으면서 더욱 심화되었다.

그런데 심각한 투병생활을 거치고 나서, 또한 심각한 결핍을 겪으면서 일상의 소중성을 깨닫게 되었다. 이런 마음 상태가 세상을 새롭게 바라볼 수 있는 계기를 주었다. 게다가 뒤늦게 만난 슬이란 아이가 나에게 시를 쓰도록 부추겼다. 시를 쓰게 하는 원동력으로 나는 그리움과 열정과 사랑을 꼽는다. 그 세 가지가 엇비슷한 정조이기는 하지만 그 가운데서도 가장 강력한 에너지를 품고 있는 것은 그리움이다.

그리움은 현재 나에게 없는 것을 원하는 심리적 상태를 말한다. 그리움이 있기 위해서는 먼저 상실이 선행되어야 한다. 현재, 여기, 나에게 있는 것은 그리움의 전제조건이 못된다. 그 반대로 현재, 여기, 나에게 없는 것이 그리움을 준다. 이런 점에서 상실이나 결핍은 그냥 그대로의 마이너 감정이 아니라 반대급부의 에너지를 숨기고 있는 잠재적 능력이라고 보아야 한다.

그리움은 삶의 밥이다. 언제든 우리는 그리움 없이는 살 수가 없었다. 그렇다. 나 아닌 다른 사람, 여기가 아닌 저기, 오늘이 아닌 어제나 내일을 그리워하며 산다. 까치발로 발돋음하며 산다. 그리움은 희망이다. 꿈이다. 머나먼 하늘 구름도 그리움을 주지만 가까운 수풀, 사이로 난 오솔길도 그리움을 준다. 하다못해 길을 걸을 때 앞서가는 젊은 여자의 뒷모습조차 그리움의 대상이 된다. 앞모습은 어떨까? 예쁜 얼굴일까?

그런 의미에서 그리움은 호기심의 누이동생이다. 목이 긴 미지에의 목마름이다. 언제든 그리움은 우리에게 삶의 욕구를 제공한다. 그래, 너도 살아있다. 그러니 잘 살아 봐. 어깨를 쳐주면서 축복하고 부추긴다. 슬이는 또다시 나에게 그리움의 나라. 슬이가 있기에 나는 살고 싶다. 오늘도 살아 숨 쉬는 사람으로 남아있고 싶다. 슬이를 생각하면 나는 그만 싱싱한 한 그루 나무로 우뚝 서게 된다.

쫄랑쫄랑 소리 내어 멀리로 흘러가는 맑은 개울이 되기도 한다.

슬이가 나의 시에 미친 영향은 지대하다. 닿아도 닿아도 닿을 수 없는 슬이란 존재는 현실이면서 환상이고 가까이 있는 사람이면서 까마득하게 먼 사람이다. 끝없는 갈망이고 애달픔이고 서러움이고 안쓰러움이다. 기쁨이면서 슬픔, 그 이중구조다. 그리고 사랑이다. 슬이는 한동안 내 시의 끝없는 원천이 되었다. 그것은 퍼내도 퍼내도 다하지 않는 샘물과 같았다. 유통기한이 지난 상품과 같은 시인으로서 슬이를 만난 것은 그 무엇과도 바꿀 수 없는 행운이었다고 번번이 밝히는 이유가 여기에 있다.

그러면 내가 슬이를 소재로 해서 맨 처음 시를 쓰게 된 것은 언제였나? 기록을 살피면 그것은 2010년 3월 6일의 일이다. 슬이와 만난 지 10개월 정도 뒤의 일이다. 이런 시가 있다.

너를 생각하면 화들짝
잠에서 깨어난다
힘이 솟는다
너를 생각하면 세상 살
용기가 생기고
하늘이 더욱 파랗게 보인다

너의 얼굴을 떠올리면

나의 가슴은 따뜻해지고

너의 목소리 떠올리면

나의 가슴은 즐거워진다

그래, 눈 한번 질끈 감고

하나님께 죄 한 번 짓자!

이것이 이 봄에 또 살아갈 이유다.

— 「살아갈 이유」 전문

　제목 그대로 슬이한테서 세상을 살아야 할 이유를 발견한다는 내용이다. 세상을 살 수 있는 힘과 함께 강력한 충동과 에너지를 얻는다는 내용이다. 이 얼마나 감사한 노릇인가. 슬이는 바라보는 것만으로도 좋다. 목소리 듣는 것만으로도 가슴이 벅차오른다. 아니다. 생각만으로도 기운이 나고 살맛이 난다. 삶의 보람, 삶의 활력, 생명의 욕구 자체가 바로 슬이다.

　다음에 쓴 시는 '별'을 소재로 한 작품인데 슬이와 내가 너무 늦게 만난 것을 애달파하는 심정을 담고 있다. 그러면서 내가 세상에서 사라진 뒤에까지 나를 생각해주고 기억해달라는 이루어질 수 없는 안타까운 소망을 걸어놓기도 한다.

너무 일찍 왔거나 너무 늦게 왔거나

둘 중에 하나다

너무 빨리 떠났거나 너무 오래 남았거나

또 그 둘 중에 하나다

누군가 서둘러 떠나간 뒤

오래 남아 빛나는 반짝임이다

손이 시려 손조차 맞잡아 줄 수가 없는

애달픔

너무 멀다 너무 짧다

아무리 손을 뻗쳐도 잡히지 않는다

오래오래 살면서 부디 나

잊지 말아다오.

― 「별·1」 전문

　슬이는 그야말로 내 시의 비밀창고나 마찬가지다. 슬이를 생각하는 것만으로도 시가 되고 만나서 이야기 하는 것도 시가 되고 전화를 걸고 나서도 새로운 시가 써졌다. 매우 빼어난 시는 아니지만 싱싱한 마음을 담은 시가 써진다는 건 시인으로서 매우 기분 좋은 일이다. 어느 정도 시가 모아진 다음 나는 슬이에게 시집에 대한 이야기를 꺼냈다.

처음 슬이는 시집 출간에 대해서 매우 부정적이었다. 당황하는 눈치였고 그럴 필요까지 있겠느냐는 것이 슬이의 입장이었다. 우선 시집 원고를 슬이에게 주어 읽히기로 했다. 시에 대한 식견이 따로 없는 슬이. 시를 다 읽고 나서는 별 이의 없이 시집을 내도 좋다는 얘기를 해 주었다. 일종의 승낙인 셈이다. 대신 이 시집만은 주변사람들에게 나누어주지 않는 것을 조건으로 달았다.

어차피 나에게는 오랫동안 준비한 또 다른 한 권의 시집이 곧 나오도록 되어 있었다. 그래서 나는 폭풍이 지나갈 때 헛간에 몸을 숨겨 피하는 심정으로 시집을 내기로 하고 출판사로 원고를 넘겼다. 이 시집은 처음부터 끝까지 슬이 한 사람을 위한 시집이고 슬이가 쓰도록 해준 책이다. 시집이 나온 뒤 나는 슬이에게만 새로 나온 시집 두 권을 주었다. 그래도 슬이는 그 시집을 가슴에 안고 환하게 웃어주었다.

시집 이름은 『별이 있었네』. 나에게도 아직은 그리운 눈초리로 바라보고 그리워 할 별이 있음을 자랑하고 싶은 마음으로 이런 시집 제목을 달았을 것이다. 그때 나의 나이는 67세. 역시 고마운 일이다.

　어느 날 연구원 직원들과 점심식사를 하러 간 일이 있다. 슬이랑 경이랑 함께였다. 봄이 와 여기저기 꽃들이 피어나고 있었다. 아직 찬바람이 불고는 있었지만 햇빛이 환한 대낮이었다. 찾아간 음식점 가까이 나무 한 그루가 서 있었다. 그것은 제법 커다란 매실나무. 매실나무는 매실이 열리는 나무지만 우선은 매화나무다.

　매실나무 몸통에 막 피어나기 시작하는 매화꽃 몇 송이가 보였다. 손을 뻗어 나는 매화꽃 두 송이를 땄다. 그것은 무심히 한 행동. 어쩜 슬이와 경이에게 꽃을 주기 위해서 그랬을 것이다. 그 가운데 한 송이를 경이의 손바닥에 놓아주면서 경이의 손가락 하나를 살그머니 또 잡아 보았다. 장난스레 그랬다.

　경이의 손가락은 가늘고도 길쑴하다. 새하얀 게 상아빛으로 맑고도 곱다. "어마나!" 경이가 놀라면서 제 손을 움츠렸다. 샐쭉한 표정으로 경이가 말을 했다. "만지지 마세요!" 그 말은 핀잔처럼 들렸다. 꽃을 만지지 말라는 건지 제 손가락을 만지지 말라는 건지 구별이 안 가는 말이기도 했다.

옆에 있던 슬이가 한 마디 거들었다. "바라보기만 하세요." 그 말
은 또 꽃을 바라보기만 하라는 건지 저희들을 바라보기만 하라는
건지 분간이 가지 않았다. 두 사람의 말에 이어 내가 토를 달았다.
"그저 봄입니다."

우리는 식당 안으로 들어가 주문한 음식을 기다리면서 조그만 쪽
지에 조금 전에 나눈 세 사람의 말들을 한 줄씩 적기로 했다. 적어
놓고 보니 그럴 듯한 한 편의 시가 되었다. 그것은 봄날의 한 해프
닝. 공동시작의 한 현장이기도 했다.

만지지 마세요
바라보기만 하세요
그저 봄입니다.

―「그저 봄」 전문

결코 오늘의 나는 우연이 아닌 필연이다. 그냥 저절로 살아있는 것이 아니라 꼭 이유가 있어서 필요가 있어서 살아있는 것이다. 던져진 삶이 아니라 의지에 의해서 선택된 삶이다.

결코 오늘의 나는 어제의 내가 아니다. 어제의 나는 이미 죽고 오늘의 나는 새롭게 태어난 나이다. 다만 사람들이 그걸 모르고 있을 뿐이다. 짐작하지도 못하지만 알려고도 하지 않을 뿐이다. 어쩌면 알면서도 모르는 척 무시하며 살고 싶은 것이 우리네 인간의 속셈인지도 모르겠다.

날마다 새롭게 죽고 날마다 새롭게 태어나는 건 모든 생명의 속성이다. 이렇게 날마다 죽고 새롭게 태어나지 않은 것는 진정코 살아있는 것이 아니다. 그것은 생명체가 아니고 그냥 물건이다. 변하는 것만이 살아있는 것이다. 죽는 것만이 생명이다. 죽는 것만이 살아있는 것이요 다시 태어나는 것만이 살아있는 것이다.

죽는다는 건 생명 가진 자만의 특권이자 양보할 수 없는 권리다. 나는 날마다 슬이 앞에서 새롭게 죽고 슬이 앞에서 새롭게 태어난다. 날마다 슬이가 나를 새롭게 죽게 하고 새롭게 태어나게 만들어준다. 그것이 슬이가 나에게 하는 일이다. 나에게 주는 크나큰 빛이요 축복이요 희망이다.

슬아. 나는 네 앞에서 정말로 날마다 죽고 날마다 새롭게 태어나는 사람이다. 너도 내 앞에서 날마다 죽고 날마다 새롭게 태어나기를 바란다. 이것이 기적이다. 그 무엇 하고도 비할 수 없는 이것은 커다란 행운이다. 네가 나에게 기적이고 내가 네 앞에서 기적이다.

그리하여 우리는 지금 천국에서 살고 있는 사람들인 것이다.

목련꽃 낙화

너 내게서 떠나는 날
꽃이 피는 날이었으면 좋겠네
꽃 가운데서도 목련꽃
하늘과 땅 위에 새하얀 꽃등
밝히듯 피어오른 그런
봄날이었으면 좋겠네

너 내게서 떠나는 날
나 울지 않았으면 좋겠네
잘 갔다 오라고 다녀오라고
하루치기 여행을 떠나는 사람
가볍게 손 흔들듯 그렇게
떠나보냈으면 좋겠네

그렇다 해도 정말
마음속에서는 너도 모르게
꽃이 지고 있겠지
새하얀 목련꽃 흐득흐득
울음 삼키듯 땅바닥으로
떨어져 내려앉겠지.

  오늘이 나흘째. 슬이가 경이와 함께 중국여행을
떠난 지 나흘째 되는 날이다. 3박 4일 코스. 오늘이 그 마지막 날이
다. 슬이와 만나지 못한 그 나흘이 다른 나흘과는 사뭇 다르다. 첫
날은 내가 살고 있는 공주가 다 빈 것처럼 허전하다가, 이틀째는 한
국이 다 빈 것처럼 그렇다가, 사흘째는 아예 세상이 다 빈 것처럼
휑뎅그레한 마음이었다.

  참 이것도 묘한 마음이다. 슬이의 없음. 그 부재不在와 단절斷切이
라 해도 질이 달랐다. 슬이가 자기 집에 있으면서 만나지 못하는 것
이나 어디 먼 고장에 가서 만나지 못하는 것과 외국에 가 있어서 만
나지 못함과는 많이 달랐다. 사람은 이렇게 변덕이 심하고 간사하
고 변화무쌍하면서 감정적이다.

새로 생긴 인천공항도 한 번 가보지 못했다는 슬이와 경이. 비행기 타고 외국여행도 한 번 못 했다는 슬이와 경이. 아니 글쎄, 서른살 이쪽저쪽인 처녀들이 그래 아직도 비행기 타고 외국여행 한 번도 못했다니 숙맥도 보통 숙맥들이 아니다.

　그나저나 비행기 처음 타고 외국여행 나들이 가는 그 처녀들 마음은 어땠을까? 처음 비행기 타는 마음이 얼마나 조마조마하고 신기했을까? 비행기 안에서 바깥을 바라보는 마음은 또 어떠했을까? 비행기길 하늘은 맑았을까? 흐렸을까? 맑은 하늘 구름이라도 바다처럼 펼쳐져 두 처녀들을 환영해주었겠지. 슬이와 경이를 생각하노라니 비행기 타고 여러 차례 외국 나들이 다녀본 나조차 가슴이 두근거려지고 느낌이 새로워진다. 나 자신 맨 처음 비행기 타고 외국나들이 가는 사람이 되기도 한다.

　여행지가 중국의 수도 베이징이다. 우선은 천안문과 자금성과 이화원과 곤명호를 보았을 것이다. 명나라의 지하왕릉도 보았을 것이요, 요즘 말썽 많은 만리장성도 보았을 것이다. 아마도 만리장성은 케이블카를 타고 갔겠지. 가서는 한참동안 성곽 길을 걷기도 했겠지. 날씨가 좋았다면 시야 멀리까지 강물처럼 뻗어간 성곽 길을 보았을 것이다. 그 위에서 슬이는 경이랑 사진도 여러 장 찍고 그랬을 것이다. 불어오는 바람에 머리칼이 날리기도 했을 것이다.

처음 외국에 나가 낯선 풍물을 접하고 낯선 사람들을 만나는 젊은 슬이의 놀라운 눈을 그려본다. 아지 못할 이국의 말과 소음 속에 더욱 예민해졌을 슬이의 젊은 귀를 상상해 본다. 그것은 얼마나 신기하고 재미나고 반짝이는 세상일까? 슬이의 새로운 세상을 그려 보는 것만으로도 나는 충분히 새롭고 즐겁고 신기하다.

이런저런 생각에 골몰하면서 자전거를 타고 가다가 자전거 블레이크를 잡고 서서 문득 하늘을 바라본다. 하늘 가득 구름이 끼어있다. 지금은 여름이 아니라서 흰 구름이 없다. 꺼밋하고 우중충한 구름. 구름 한 가운데 하늘이 벙긋이 열린다. 푸른 빛 하늘이 속살을 보인다. 슬이가 타고 올 비행기를 떠올려보고 비행기 길을 떠올려 본다. 비행기 한 구석에 슬이가 앉아있는 것이 보인다. 그 옆에 경이의 모습도 보인다.

내일은 슬이를 만날 수 있겠지. 경이도 볼 수 있겠지. 젊은 처녀들의 외국나들이가 부디 아름답고 좋았기를 빈다. 즐겁고 아름다운 추억으로 남아 있기를 빈다. 난생 처음 비행기 타고 외국나들이 갔다가 돌아오는 슬이와 경이. 오늘 저녁은 집으로 돌아가 못 보았던 가족들 반갑게 만나고 편안히 잠을 자고, 내일은 더욱 이쁜 모습으로 나타나주기를 바란다. 젊음이란 역시 좋은 것이고 아름다운 것이고 찬란한 그 무엇이다.

며칠

눈이 짓무른다는 말이
맞다

눈에 밟힌다는 말이
맞다

너 못 보고 지내는
며칠

귀에 쟁쟁쟁 울린다는 말이 또다시
맞다

소낙비 와 씻긴 돌각담
아래

채송화 봉숭아 함께 나도
울보다.

서른다섯 번째 이야기 그 애가 변했다

언제부턴가 슬이가 조금씩 변한 느낌이다. 가까이 와 말을 하려고 하지 않고 거리를 둔다. 말을 걸어도 자분자분 답을 주지 않는다. 대화를 하면서도 어디 먼 곳에 가 있는 사람처럼 한눈을 팔기도 한다. 무엇보다도 핸드폰으로 전화가 걸려오면 살며시 사무실 밖으로 나가서 받는다. 제법 긴 시간 동안 그렇게 밖에서 전화를 받다가 돌아온다. 대개 이렇게 처녀들이 전화를 받을 때는 그에게 무언가 중요한 변화가 일어나고 있을 때이다.

무얼까? 짐작이 전혀 가지 않는 일도 아니다. 지지난 주쯤 토요일일 것이다. 시내 쪽에 볼일이 생겨 자전거를 타고 제민천 길을 가고 있었다. 그때 제민천 개울 길에서 슬이를 보았다. 혼자가 아니었다. 남자 청년과 함께였다. 둘이서 개울 길을 걸으며 개울 속에 노는 물고기들을 보고 있었다. 언뜻 보아도 준수하게 잘생긴 청년이었다.

키도 적당히 크고 당당한 몸집이었다. 누굴까?

슬이 오빠라면 한두 차례 만난 일이 있으므로 눈에 익은 모습이다. 그러나 청년은 전혀 낯설게 보였다. 적어도 오빠는 아니었다. 새로 생긴 슬이의 남자친구임에 분명하다. 바로 오는 직감이 그랬다. 슬이는 손가락으로 물속에서 놀고 있는 물고기들을 가리키고 있었다. 환하게 웃는 얼굴이었다. 어찌 해야 하나? 나는 자전거 페달을 세게 밟아 빨리 달림으로 그 자리를 피해야 되겠다는 생각을 했다.

그렇게 보아 그런지 그런 일이 있은 다음날부터 슬이의 태도가 정말로 달라진 것같이 느껴졌다. 마주보는 눈길을 피하는 것 같기도 하고 쌩동한 표정을 짓는 것 같기도 했다. 섭섭하다. 슬이를 대할 때마다 섭섭한 마음이 더욱 커진다. 어찌 해야 하나? 번번이 당황해지는 마음. 슬이에게 준 것이 물건이라면 그 물건을 포기하고 정이나 안 되면 돌려받으면 된다. 그러나 마음은 돌려받을 길이 없다.

방법은 오직 하나. 슬이에 대한 생각을 줄이고, 바꾸고, 슬이에게 준 마음을 거둬들이면 된다. 그러나 그것이 쉽게 되지 않으니 문제다. 하기는 자기 마음을 자기 마음대로 조정하거나 움직일 수 있는 사람이라면 이미 평범한 사람은 아니다. 그러기에 사람들은 출가해 스님이 되고 수녀가 되고 때로는 신부님이 되기도 한다. 그저 평범한 일개 시인에 불과한 나로서는 불가능한 일이 아니겠는가.

머칠을 두고 밤에 잠이 오지 않았다. 과연 나는 슬이의 어떤 점을 사랑했었나? 나의 사랑은 과연 온당한 것이었나? 실상 내가 슬이를 사랑한 건 젊은 남자가 젊은 여자를 사랑하는 것과 같은 사랑은 아니다. 결혼을 전제로 한 사랑도 아니고 육체적 접촉을 위한 사랑도 아니다. 그저 마음속으로 간직하고 아끼고 생각해주는 그런 사랑이다. 굳이 비유한다면 아버지가 딸을 사랑하는 것 같은 그런 사랑이다. 그런데 왜 슬이에게 남자친구가 생긴 것을 두고 힘겨워하는가?

한때 슬이는 아버지가 세상을 떠났을 때 심하게 흔들리기도 하고 나에게 의지한 것도 사실이다. 나 또한 슬이를 보호해주고 싶었던 것이 사실이다. 그러나 그러한 슬이가 이제는 많이 좋아져서 자기 갈 길을 모색하고 있는 것이다. 그런 과정에서 남자친구도 생기게 된 것이다. 그렇다면 충분히 기뻐해주고 축하해주어야 할 일이다.

슬이는 철부지 아이가 아니다. 자랄 만큼 자라고 생각이 깊을 만큼 깊은 처녀다. 내 맘대로 이래라 저래라 해서는 안 된다. 그럴 수도 없다. 혹시 슬이가 아버지 없는 처녀라서 내가 함부로 대하지나 않았는지 반성해볼 필요가 있다. 이적지 그 애한테 매달리고 정을 준 내 마음이 불쌍해서 쉽사리 마음을 거두어들이지 못한다 하더라도 그 마음을 반성해 볼 필요가 있다. 무엇이 정말로 슬이와 나를 위한 길이고 무엇이 또 진정한 사랑인가?

그러한 밤에 『달라이 라마의 행복론』을 읽었다. 이 책에서 가장 중요하게 다룬 내용은 자비심. 그리고 자비심은 이심전심 혹은 감정이입에서 출발한다는 것. 그 다음에 탐욕을 줄이는 것에 대해서도 좋은 충고가 들어 있었다. '탐욕의 반대는 무욕이 아니라 만족이다.' 이 얼마나 평범해 보이면서 대단한 탁견인가. 나는 비로소 구원을 받은 것 같은 느낌을 받았다.

아, 내가 슬이를 사랑하면서 괴로워하는 건 만족할 줄 몰라서 그러는 것이로구나. 이만큼으로 모든 것을 만족하자. 슬이가 내 곁에 있는 것만이라도 감사하게 생각하자. 세상의 모든 것들, 그러니까 만물 가운데 그 무엇도 변하지 않는 것은 없다. 변화하는 것만이 오직 살아있는 생명이라고 평소에 생각하지 않았던가. 나도 변할 수 있고 슬이도 변할 수 있다. 변하는 것을 인정하지 않을 때 슬픔과 고뇌가 싹튼다.

언젠가는 나도 떠나고 슬이도 떠나야 한다. 나이든 나보다 슬이는 더욱 멀리 더욱 좋은 곳으로 떠나야 한다. 그것을 받아들여야 한다. 비록 슬이가 떠난다 하더라도 때가 되면 슬이는 언젠가 다시금 나를 찾아줄 것이다. 그만큼이라도 고맙지 않으냐. 내가 진정 두려워하는 것은 슬이와 영영 만나지 못한다는 사실이 아닌가. 이쯤에 생각이 이르자 나는 조금씩 마음의 평정을 찾아가고 있었다.

그런 뒤로는 마음이 별로 흔들리지 않았다. 점심시간 같은 때, 밥상머리에 앉아 핸드폰을 들여다보며 누구에겐가 문자메시지를 열심히 보내고 있는 슬이를 보면서도 별로 마음에 켕기지 않았다.

서른여섯 번째 이야기 **너를 보았다**

겨울인데도 눈 대신 비가 내리는 날이었다. 몇 사람이 어울려 논산시 연산면 사포리에 위치한 '햇님쉼터한의원'이란 델 간 일이 있다. 이 한의원은 이기웅이란 이름의 한의사가 주인으로 있는데 인간의 육체보다는 영혼을 주로 걱정하고 고쳐주는 집이다. 또한 이기웅 한의사는 글 쓰는 사람이기도 해서 그 자신 『어설픔』이란 이름으로 책을 쓰기도 한 사람이다. 이런 연유로 나도 몇 차례 친지들과 어울려 이 집을 찾은 일이 있다.

공주에서 논산 쪽으로 직선 도로를 타고 달리다가 노성이란 표지판을 보면서 직선 도로를 내려 노성 쪽으로 들어가지 말고, 급하게 좌회전 하여 굴다리 밑을 통과한 다음, 동금성이란 이름의 중국 음식점 간판이 나타나면 곧장 한천리 방향으로 다시 우회전하여 한적한 아스팔트길을 한참 가다가 길가에 조그맣게 세워진 '햇님쉼

터한의원'이란 표지판을 확인한 뒤, 거기서부터 더욱 작고 한적한 길을 따라 가다보면 외통수길 끝에 한의원이 나오도록 되어 있다. 계룡산의 남쪽 끝자락 느슨한 터에 지어진 집이다. 툭 터진 공터 위에 오직 이 집 한 채만 서 있는 품이 우선 색다르다.

집주인 한의사도 특이한 인물이다. 외모에서 전혀 한의사 냄새가 나지 않는다. 헐렁한 생활한복 차림으로 사람 좋은 웃음을 보여주는 그저 중년의 평범한 남정네의 인상이다. 내방객에게 말을 많이 하기보다는 내방객의 말을 많이 듣고자 한다. 그것은 그 한의사의 사람을 대하는 태도에부터 나타난다. 우선 자기의 말을 십분 줄이고 분위기 조성만 해준다.

매우 허용적이고 느슨하고 헐렁한 분위기이다. 말하자면 내방객에게 스스럼없이 말할 수 있는 바탕을 깔아주는 셈이다. 어쩌면 이러한 노력이나 지향은 한의사의 타고난 기질 같기도 하고 치료법의 한 가지 같기도 하다. 그 한의사를 보면 찾아간 손님이 내면에 숨겨진 많은 말을 내놓고 싶은 마음이 절로 생긴다. 이것 또한 보통의 일이 아니다.

그날이 나로서는 세 번째 방문일. 미국에서 온 젊은 여교수와 그의 언니 되는 분과 안내역을 맡은 또 다른 한 여성분과의 동행이었다. 명상이라든지, 여행, 인도, 문학, 그런 주제로 한동안 대화를 나누다가 기왕에 온 김에 침을 맞기로 했다. 이미 두 차례 왔을 때는 그런 일이 없었는데 그날은 왠지 그 의사가 놓아주는 침을 한 번 맞아보고 싶었다. 침은 접견실 옆에 따로 마련된 황토방에서 맞는다 했다. 의사는 우리를 그리로 데리고 갔다. 정말로 그 방은 특별한 방이었다.

우선 분위기가 달랐고 냄새가 달랐다. 사방, 그리고 천정과 방바닥까지 황토로 칠해진 방에서는 은은한 황토 냄새가 번지고 있었다. 또한 방안에는 어슴프레한 불이 켜져 있었다. 대번에 딴 세상에 왔구나 싶은 생각이 들었다. 방바닥에 앉자 황토 냄새가 확 끼얹었다. 한의사는 우리더러 방바닥에 눕기를 권했다. 방바닥 역시 따뜻했다. 장작불로 덥힌 연유라 했다.

한의사는 눕혀진 사람을 차례대로 찾아다니면서 침을 놓았다. 나에게도 침을 놓았다. 발, 발목, 무릎 아래, 손, 손목, 팔 같은 곳에 침을 찌르는 것 같았다. 모든 사람에게 침을 놓은 한의사는 방안에 켜진 으슴프레한 불마저 끄고는 문을 닫고 밖으로 나갔다. 그렇게 30분 정도 눈을 감고 있었지 싶다. 그 30분 동안에 나는 하나의 환상을 보았다. 어느새 나는 높은 하늘에 떠서 아래를 내려다보고 있었다. 다음에 적은 글은 그때의 느낌을 산문시 형식으로 쓴 것이다.

사방이 황토로 발라진 방. 장작불로 달구어진 방바닥. 천정을 보고 눕자마자 갑자기 몸이 공중으로 붕 떠올랐다. 한 마리 새가 된 느낌. 비행기에 타고 있는 느낌. 엎드린 채 아래쪽을 보고 있었다. 크고 작은 산들이 마치 조개껍질처럼 내려다보이면서 그들이 물결쳐 빠르게 앞쪽으로 달려오고 있었다. 줄기줄기 산과 산의 골짜기가 환하게 들여다보였다. 얇고 하얀 구름이 그 사이를 또한 빠르게 스쳐가고 있었다. 매우 투명한 세계, 어딘가에 네가 있을 것이라는 느낌이 왔다. 어딘가에 숨어서 나를 지켜보고 있다는 느낌이 들었다. 그런데 왜 나는 너를 보지 못하는 걸까? 안타까운 생각에 눈물이 나기 시작했다.

어느새 나는 어두컴컴한 실내에 들어와 있었다. 네모난 좁은 복도 사이로 네가 오고 있었다. 아니, 어여쁜 한 여자 아이가 걸어오고 있었다. 성장차림. 머리에는 선홍빛 붉은 구슬 모자를 쓰고 있었고 아청빛 치마저고리를 입고 있었다. 구슬모자가 가늘게 떨고 있었고 옷자락이 조금 나부끼고 있었다. 모자에서도 옷에서도 빛이 쏟아지고 있었다. 그 뒤로 몇 사람의 여자들이 따르고 있었지만 그 모습은 분명하게 보이지 않았다. 맑은 음악소리가 들리고 있었을까. 향기라도 조금 번지고 있었을까. 너를 불러야지 생각하는 사이 너의 모습은 벌써 사라지고 있었다. 아, 말을 하려고 했지만 말이 터져 나오지 않았다. 어느새 나는 흐느껴 울고 있었다.

—「너를 보았다·2」전문

물론 이 시에 나오는 '너'는 슬이다. 정말로 슬이가 그 환상 속에 나오고 있었다. 그러나 슬이의 모습은 구체적으로 분명히 보이지 않았다. 그냥 느낌으로만 슬이였다. 환상의 공간 어딘가에 슬이가 있고 또 슬이가 나를 지켜보고 내 말을 알아듣고 있을 것이라는 짐작이 있었을 뿐이다. 아니다. 슬이의 마음과 내 마음이 연결되어 있어 말없이도 슬이가 내 마음을 환히 들여다보고 있을 것이라는 그 어떤 신뢰감 같은 것이 있었다.

　그러나 끝내 슬이의 모습이 나타나주지 않아 매우 안타까운 마음이 들었다. 왜 슬이의 모습은 끝내 내 앞에 나타나주지 않는 걸까? 슬이는 도대체 어디에 숨어있는 걸까? 그런 생각들 때문에 나는 마음이 많이 막막하고 구슬퍼졌다. 뜬금없이 울고 싶은 마음이 들었다. 어느새 보니 내 자신이 울고 있었다. 조그맣게 흐느껴 울고 있었다. 드디어 눈물이 귓가로 흘러내리는 걸 느낄 수 있었다.

　하지만 그 울음은 꼭 슬프다거나 괴로워서 나온 울음이 아니었다. 제 풀에 겨워서 운 울음이요, 나도 알 수 없는 그 어떤 신비한 느낌에 끌려서 운 울음이었다. 울다보니 가슴 속에 기쁜 마음 같은 것이 조금씩 일어나고 있었다. 그러더니 그 기쁜 마음이 점점 자라고 있었다. 마치 뭉게구름 같다고나 할까. 그러더니 가슴을 꽉 채우는 것이었다. 아, 나는 입을 벌려 소리를 내보고 싶었다. 그것은 참으로 잠시 동안의 신비한 체험. 30분 뒤에 의사가 와서 침을 뽑아주었을 때 나는 그 방을 빠져나와 다음과 같은 시를 한 편 써서 이기웅 한의사에 선물하기도 했다.

나는 구름 위에 있는데
너는 구름 아래 있구나

나는 너를 보고 있는데
너는 나를 보지 못하고 있구나

어쩌면 좋으냐?
어쩌면 좋단 말이냐?

나는 울고 있는데
너는 웃고 있구나.

— 「그래서 꽃이다」 전문

슬아, 너를 생각한다. 한가한 시간 너를 생각하고 바쁜 시간 너를 생각한다. 자면서도 너를 생각하고 꿈속에서도 너를 생각한다. 그러므로 나의 잠은 너의 잠이고 나의 꿈은 너의 꿈이다. 밥을 먹으면서도 너를 생각하고 물을 마시면서도 너를 생각한다. 그러므로 나의 밥은 너의 밥이고 나의 물은 너의 물이다.

숨을 쉬면서 너를 생각하고 하품을 하면서도 너를 생각하고 말을 하면서도 너를 생각하고 웃으면서 울면서도 너를 생각한다. 그러므로 나의 울음은 너이고 나의 웃음은 너이고 나의 말은 너이고 나의 하품도 너이고 나의 숨결 자체가 너이다.

슬아, 너를 생각한다. 비행기를 타면서도 트랩에 오르면서 내리면서도 그 뒤뚱거리는 시간 내내 너를 생각한다. 발을 헛디디면서도 너를 생각한다. 그러므로 너는 비행기 타고 가는 나이고 트랩에 오르고 내리는 나이고 또 발을 헛딛는 나이고 또 머나먼 하늘길이기도 하다.

자전거를 타고 가면서도 너를 생각하고 휘파람을 불면서도 너를 생각한다. 자전거를 타고 가면서 길가에 꽃이 있으면 꽃을 보면서 너를 생각하고 풀을 보면서도 너를 생각하고 팔다리 잘린 채 씩씩하게 서 있는 가로수를 보면서도 너를 생각한다. 그러므로 너는 자전거 타고 가는 나이고 내가 부는 휘파람이고 길가에 핀 꽃이고 스치는 바람이고 또 팔다리 잘린 가로수이기도 하다.

꽃에게 말을 걸고 인사를 한다. 얘들아, 안녕? 꽃들이 고개를 주억거리며 마주 인사를 받는다. 아저씨도 안녕? 인사를 하는 꽃송이 속에서 너도 인사를 하고 있다. 원장님, 안녕? 지나가는 바람이 또 거들며 말을 걸어준다. 아저씨, 나도 안녕? 그러므로 너는 또다시 꽃이기도 하고 바람이기도 하다.

슬아, 데스밸리 그 죽음의 땅을 돌면서도 너를 생각했다. 믿기지 않겠지만 정말로 그랬다. 나는 여기서 죽어도 충분히 좋겠다 싶은 아, 그 천지창조의 땅. 끝내 하나님이 계시다는 걸 믿을 수밖에 없었던 그 놀라운 땅 데스밸리. 절체절명의 땅 데스밸리. 밤하늘의 별, 한낮의 커다란 갈치모양의 사막구름을 보면서도 수상한 햇빛을 보면서도 다시금 가시 꽃 덤불을 보면서도 너를 생각해야만 했다. 꿈꿔야만 했다.

슬아, 그러므로 너는 나이고 나는 너이다. 나의 시간 모두는 너의 시간이고 나의 세상 모두는 너의 세상이다. 무엇이 아깝겠느냐. 모두 네 것이다. 너에게 준다.

너는 바보다

꽃을 사랑한다고 말하면서
꽃을 꺾지 마라
꽃을 밟지 마라
모든 사랑에는 금기가 있다

강물을 좋아한다 말하면서
강물에 돌 던지지 마라
쓰레기 버리지 마라
모든 사랑에는 철조망이 있다

장미꽃을 살그머니 흔들고만 가는
산들바람을 보아라
제 몸을 송두리째 담그고서도
강물에 상처내지 않는 나무를 보아라

저것이 사랑의 원본
아직도 그걸 몰랐다면
너는 바보다.

올해도 꿈속에서 본 듯 꽃들이 밀물져 왔다가 떠나갔다. 전혀 꽃 필 기미가 없는 것처럼 입을 앙다물고 있던 벚꽃 봉오리들. 아침저녁 알싸한 공기 속에 그렇게 내내 뾰로통하니 입을 다물고 있더니만 하루 이틀 날씨가 좋아지자 앞 다투어 꽃을 피우고 말았다. 쫓기는 사람들 같다고나 할까. 마치 팝콘 터뜨리듯 꽃 피우는 벚꽃들. 그건 벚꽃만 그런 것이 아니라 배꽃도 그렇고 복숭아꽃들도 그렇다. 그야말로 자살특공대처럼 꽃을 피우고는 사라지는 꽃나무들을 본다.

오늘이 5월 3일. 글을 쓸 일이 있어 집에 일찍 돌아와 아파트 창문을 열고 베란다 문을 열었을 때 글쎄 호르르 호르르, 꾀꼬리 울음소리가 실내로 뛰어드는 게 아닌가! 어, 벌써 꾀꼬리 울음소리? 실은 더 일찍부터 꾀꼬리가 울고 있었는지도 모른다. 다만 오늘 꾀꼬리 소리를 들었기에 아, 꾀꼬리가 벌써 우는구나, 그렇게 생각했을 뿐이다. 그렇게 인간은 자기중심적이다.

꾀꼬리 울음소리는 낭창한 하늘, 부드러운 공기를 흔든다. 꾀꼬리 울음소리는 호들갑스럽다. 화려하다. 색깔로 친다면 샛노랑, 황금빛이다. 꾀꼬리 울음소리는 신록 위로 흐른다. 산기슭 개울가에 지천으로 피어있는 애기똥풀 꽃 위로도 흐르고 씀바귀 꽃 위로도 흐른다. 그렇지. 지금은 애기똥풀 꽃과 씀바귀 꽃들의 계절. 애기똥풀 꽃과 씀바귀 꽃들은 저희끼리 무리지어 산기슭이나 들판 공터 쓸쓸한 곳만 찾아다니며 피는 꽃이다. 그들은 다 같이 샛노랑 빛. 꾀꼬리 울음이 번져서 노랑 빛일까.

아, 나는 사랑을 가졌어라
꾀꼬리처럼 울지도 못할
기찬 사랑을 가졌어라.

— 서정주, 「신록」 일부

저절로 시 한 구절이 입가에 떠오른다. 아, 시인도 예전에 나처럼 '기찬 사랑'을 지닌 일이 있었나보구나. '꾀꼬리처럼 울지도 못'하는 사랑을 가졌던 모양이구나. '기찬 사랑'이란 벅찬 사랑, 감당하기 힘겨운 사랑을 말한다. 그런 사랑을 '혼자서'만 가지다니! 짝사랑이다.

　짝사랑은 얼마나 또 외롭고 고달프고 힘든 사랑이어서 마땅한 사
랑인가. 그러기에 얼마나 더 호사스럽고 황홀한 사랑인가. 세상의
모든 사랑은 어쩌면 혼자만의 사랑, 짝사랑인지도 모른다. 나는 저
사람을 바라보고 있는데 저 사람은 또 다른 사람을 바라보고 있는
것이다. 이 무슨 얄궂음이란 말인가. 나에게 있어서는 슬이의 존재
가 바로 그렇다. 그의 모습이 그렇고 그에 대한 생각이 그렇다.

　슬이를 생각하면 가슴 한구석이 뻐근하게 아파온다. 쓰린 것 같
기도 하다. 참으로 이건 또다시 어처구니없는 일이다. 그 아이의 나
이가 몇이고 내 나이가 몇인데 나는 이렇게 철도 없이 그 아이를 생
각하고 그 아이를 좋아하고 그리워한단 말인가. 그러나 이것도 실
은 내가 살아있기에 누리는 형벌이요 축복이 아니겠나 생각해본
다. 가령 육체적 아픔이라는 것도 그렇다. 몸이 아픈 것을 느낀다는
것 자체가 우리 자신이 살아있는 생명체라는 것을 말해주는 하나
의 숨김없는 좋은 증거겠다.

　이러한 생각과 그리움은 무슨 쓸모가 있는 것이며 과연 용납이
가능한 것일까? 하기는 세상의 모든 사랑과 그리움과 생각이 쓸모
가 있어서 존재하는 건 아니다. 용납을 전제로 해서 하는 것도 아니

다. 사랑은 하나의 금기. 가까이 가서는 안 되는 철조망이요 가시덤불 같은 것이다. 그런데 그것을 자청해 가슴에 소중하게 간직하다니! 이 얼마나 어리석은 일이고 서글픈 인간행위인가.

슬아, 너는 나에게 꾀꼬리 울음소리. 너는 나에게 눈부시도록 흐드러진 나뭇잎의 푸르름. 너는 나에게 부서지는 신록의 파도. 그리움의 몸부림. 못 견디도록 기찬 사랑. 그렇지만 슬아, 부디 오래도록 내 마음속에 머물다 가기를 바란다.

공주교육대학교 앞길은 나의 출근 코스. 그 길을 따라 자전거를 타고 오가다 보면 수없이 많은 여자 대학생들을 만나곤 한다. 인생의 절정기를 사는 20대 초반의 여성들. 그들이 한 그루씩 나무라면 새로 신록이 돋아나는 나무라 할 것이요 풀이라면 새싹이 솟는 풀이라 할 만하다.

그들이 자주 지나다니는 길가에는 또 도로화단이 있어서 일 년 내내 새로운 꽃들이 피어난다. 요즘은 아이리스 꽃철이다. 아이리스는 서양 붓꽃의 이름. 저 유명한 인상파 화가 고흐나 마네의 그림에 자주 등장하는 그 아이리스이다. 또 얼마 전에는 티브이 연속극의 제목으로 사용되기도 했던 그 꽃이다.

여간 특별한 꽃이 아니다. 재래종 붓꽃과 비슷한 형태지만 꽃대

와 꽃과 이파리가 재래종 붓꽃과는 비교가 안 될 정도로 크고도 우람하고 육감적이다. 풍성하다. 하늘 향해 쭉쭉 뻗은 초록빛 칼 모양의 이파리가 시원스럽다. 그 사이로 굵은 꽃대가 솟아올라 꽃을 피우는데 매우 크고도 진한 색깔의 꽃이 피어난다.

심해선 밖 진한 바다 물빛이다. 잉크를 칠한다 해도 그렇게 진한 파랑색을 칠하지는 못할 것이다. 비단옷감의 질감보다 더한 부드러움이 있다. 그 모양 또한 더없이 매혹적이다. 바람의 영혼을 호리는 모습이라 할까. 우주 밖, 별들의 눈빛을 그리워하는 모습이라 그럴까.

이 도로화단에 아이리스 꽃이 피어나면 나는 타고 가던 자전거를 잠시 세워놓고 한동안 바라보다가 간다. 아무리 바쁜 일정이라도 그렇게 한다. 때로는 가방에서 카메라를 꺼내어 꽃의 모습을 카메라에 담기도 한다. 아, 이 이쁜 봄의 아가씨들. 이들은 도대체 지난 겨울 어디서 살다가 여기 이 땅을 찾아오셨는지!

오늘도 오후의 시간 퇴근길에 자전거를 타고 가다가 잠시 멈춰서서 아이리스 꽃을 바라보고 있었다. 어제 피었던 꽃들은 이미 시들어 있었고 그 옆에 새로운 꽃들이 피어 있었다. 흔히 사람들은 그저 저기에 꽃이 피어있다고만 생각한다. 결코 아이리스 꽃이 아니다. 그냥 일반명사로서의 꽃이다.

그래도 이렇게 꽃이 피어있다고 바라보아주는 사람은 훨씬 나은 편이다. 어떤 경우엔 아예 거기에 꽃이 피어 있다는 사실조차 기억하지 못하는 사람들도 있다. 사는 일이 바쁘고 힘들어서 그럴 것이다. 앞만 보면서 가는 사람들이기에 그럴 것이다.

"이봐요 학생들, 여기 예쁜 꽃들이 피어있는데 알고 있었나요?"
나는 지나가는 여자 대학생 두 사람을 불러 세워 물었다. 많이는 할일도 없는 노친네의 객쩍은 지껄임이라 그랬을 것이다. 멈칫 자리에 멈춰 서면서 두 학생이 대답을 했다. 서로 다른 대답이다.

"아, 예, 여기에 꽃이 피어 있었던 것 같아요"
"그래요? 여기에 꽃이 피어 있었나요?"
앞의 대답은 그래도 꽃이 피어 있다는 사실만은 알고 있다는 대답이고 뒤의 대답은 그조차 몰랐다는 대답이다.

사람들이 그렇다. 젊은 사람들은 더욱 그렇다. 꽃이 피었어도 꽃이 피어 있다는 사실조차도 모르고 봄을 넘기는 사람들이 많다. 꽃이 피는 것과 우리들의 삶이 무관하다고 생각하는 것이리라. 그건 나도 젊은 시절 충분히 그러했을 터. 나 자신 꽃이었고 봄이었기에

214

그러했을 것이다.

우리는 여기서 봄을 의식하고 꽃을 기억해야만 한다. 다만 그저 그런 꽃이 아니라 바로 이 꽃을 기억해야만 한다. 지난 해 피었던 꽃이 아니다. 올해에 다시 피어난 꽃이다. 어제 피었던 꽃도 아니고 오늘 아침 다시금 피어난 꽃이고 지금도 피어있는 바로 이 꽃이다. 그리하여 눈앞에 피어있는 바닷물 빛 아이리스 꽃을 가슴에 품고 또 머나먼 바다를 꿈꿀 수 있어야 한다.

지나가는 여자 대학생들이 아무리 예쁘고 사랑스러워도 나는 그녀들이 하나도 부럽지 않고 예쁘지도 않다. 내 마음속에 슬이가 들어와 살고 있기 때문이다. 슬이가 나와 더불어 숨 쉬고 있기 때문이다. 슬이는 내 마음의 아스라이 높은 산꼭대기, 다시 꼭대기에 피어있는 이름 모를 꽃. 나는 오늘도 슬이만을 바라보며 슬이만을 숨 쉬며 산다. 숨은 가쁘지만 기분은 좋다. 슬아, 아니? 아마도 너는 이런 거 모를 것이다.

서양 붓꽃

거짓말인 줄 알면서도
눈물 납니다

꽃이 진다고 세상이
달라질 것도 없는데

가슴이 미어집니다.

봄은 아무래도 탄생의 계절이고 새로움의 계절이고 부활의 계절이다. 기쁨의 계절이고 또 색깔의 계절이다. 겨우내 무채색으로만 일관했던 세상이 총천연색으로 바뀐다. 지난가을 신이 몰수했던 색깔들을 모조리 해방시켜 지상으로 돌려보내는 계절이다. 그래서 언제든 봄은 최초의 봄과 같이 신기하고 생명 감각으로 충만하게 마련이다.

그러나 이러한 좋은 봄을 맞으면서도 나는 요즘 마음이 많이 언짢다. 꽃을 보면 슬프고 마음이 울컥해진다. 왜 그런가? 나 자신 나이든 사람이고 살아갈 날이 많지 않은 사람이기에 그렇다. 나는 과연 내년에 오는 봄을 다시 맞이할 수 있을 것이며 내년에 피는 꽃을 다시 볼 수 있을 것인가? 그런 생각으로 해서 봄이 점점 절박해지고 꽃들이 점점 다급해진다.

하루의 해가 제일로 아름다운 시간은 아무래도 저녁의 시간. 기나긴 하루해의 운행이 끝을 맺는 시간. 그 황혼 무렵 노을이 질 시간이다. 인생도 마찬가지. 나이가 좀 들어보아야 하루하루의 삶이 소중하고 무사히 맞은 저녁시간이 진정 다행스럽다는 것을 깨닫게 된다. 권정생 작가는 생전에 '잘 사는 삶이란 근근이 사는 삶이다.'라는 뜻의 말을 남겼다고 들었다.

그러하다. 우리네 인생은 하루하루가 근근이 사는 삶이고 누군가로부터 빌려서 사는 삶이다. 대출받은 삶이고 언젠가는 되돌려주어야만 할 삶이다. 꽃과 봄이 그렇듯이 우리네 삶 또한 절박한 하루하루의 연속이다. 그런 걸 알기에 봄도 나이 든 사람의 봄이 정말로의 봄이 아닐까 싶다.

얼마 남지 않았기에 그 소중함을 안다는 것. 그것은 하나의 아이러니요 모순이다. 좀 더 일찍, 많이 남았을 때 알았다면 얼마나 좋았을까? 그래서 나는 '진정 좋은 때가 좋은 때임을 알고 살아가는 사람이 정말로 현명한 사람이다.'란 말을 하곤 한다.

가는 봄이여 묵직한 비파를 부둥킨 마음

이것은 일본의 요사부송與謝蕪村(1716~1783)이란 시인이 쓴 봄을

218

노래한 하이쿠이다. 알다시피 하이쿠는 한 줄짜리 시. 일체의 월점도 없고 제목도 없는 시다. 세계의 시 가운데 가장 짧은 형식을 지닌 일본의 시이다. 글자로 쳐서 열일곱자가 전부다. 이 시에서 시인은 가는 봄의 아쉬움을 커다란 비파를 부둥켜안은 마음으로 표현하고 있다.

'비파'는 둥그런 모양의 현악기. 그 모양이 여자의 알몸을 닮아 있어 시인은 이를 이중의 이미지로 형상화해 보여주고 있다. 그러니까 비파가 여자의 몸인 셈이고 여자의 몸이 비파인 셈이다. '가는 봄'은 또 떠나는 여자의 몸이 되기도 한다고 볼 수 있겠다. 이 시는 시인의 59세 때의 작품. 노년의 시이다. 조금 옛날 일본의 한 시인도 이렇게 가는 봄을 슬프게 느끼고 또 그렇게 보았던 것이다.

나이 든 사람이 생각하는 봄은 어디까지나 아쉬운 봄이고 서러운 봄이다. 그런 만큼 또 그 봄은 진지한 봄이고, 깊어질 대로 깊어진 봄이다. 허퉁허퉁 허공에 발이 뜬 사람처럼 정신 못 차리고 보낸 이 봄. 철쭉꽃 붉은 꽃잎 위에 쏟는 나의 눈물은 너무나 가벼운 것이어서 얼마나 부끄러운 눈물인가.

봄은 하나의 울렁증. 꽃이 울렁임을 불러오고 바람이 울렁임을 불러온다. 아니다. 슬아, 네가 나에게 울렁임을 불어온다. 너를 보기만 하면 나는 나이도 잊고 가슴이 울렁거리는 사람이다. 눈부신 봄을 두고 꽃을 보면서 나는 못 말리겠는 사람이다. 누가 나 좀 말려주세요. 나의 이 울렁증을 좀 가라앉혀주세요. 그러나 이러한 울렁증도 꽃이 지고 꽃이 무너져 내린 자리 새롭게 신록이 솟아나와 어우러지기 시작하면 천천히 천천히 가라앉게 마련이다.

그 또한 어쩔 수 없는 귀결. 아, 나는 또 내년의 봄을 다시 맞이할 수 있겠구나, 그런 희망을 갖게 된다. 슬아, 내년 봄에도 우리 다시금 기쁜 마음으로 만나자꾸나. 그날에도 여전히 예쁜 모습으로 내 곁에 있을 너를 보고 싶구나. 이것은 또 얼마나 엄청난 희망이며 허황된 바람이겠느냐!

시인의 끝은 늙은 어린이가 되는 것이다. 겉은 비록 늙은 사람이 되었지만 마음은 여전히 어린아이 마음을 그대로 가진 사람이 되는 것이다. 늙어서 더욱 영혼이 맑아지는 사람이다. 오래 살았어도 마음이 깨끗하고 따스한 사람이다. 이것은 결코 쉽지 않은 일이다. 어린아이처럼 세상을 보고 사물을 볼 줄 알아야 한다.

햇빛을 보고서도 환희를 느끼고 풀잎이나 나뭇잎을 보고서도 생명을 알며 바람 속에서도 무한한 슬픔을 찾아낼 줄 아는 사람이어야 한다. 그처럼 마음이 부드럽고 겸손한 사람이어야 하고 눈빛이 순하고 귀가 밝은 사람이어야 한다.

그야말로 시인의 마음은 영원히 시들지 않는 마음이고 늙지 않는 마음이다. 또 그것은 철들지 않는 마음이고 어린아이의 마음 그것이기도 하다. 그래서 시인은 죽어도 시는 죽지 않는다. 시인은 죽어 세상에서 그 자취가 사라져도 시는 여전히 살아남아 시인 대신으로 말하고 활동하는 성장을 거듭한다는 말이다. 그만큼 시의 생명력은 길고 질기고 오래인 것이다. '인생은 짧고 예술은 길다.'란 말도 이런 데서 생겨났는지 모른다.

'늙은 어린이'란 말 앞에 언뜻 떠오르는 사람은 피카소 같은 사람이고 우리나라의 추사秋史 선생 같은 인물이다. 피카소는 이렇게 말했다. "나는 어린아이처럼 그리기 위해 이렇게 늙은 사람이 되었다." 82세 때 그는 이런 말도 남겼다. "그림은 힘이 세다. 그림은 나에게 제가 하고 싶은 일은 하도록 만든다."

그런가 하면 추사 선생은 노년에 이르러 교졸巧拙의 글씨를 쓴 것으로도 유명하다. 교졸이란 노자의 '대교약졸大巧若拙'이란 말에서 나온 말인데 '가장 교묘한 것은 졸렬한 것 같다.'란 뜻이다. 여기서의 졸렬함이란 그냥 미숙함이나 치졸함, 유치함이 아니다. 그보다는 어린이 같은 순수함과 동심을 말한다. 그 증거로 추사 선생은 71세 나이 세상 뜨기 사흘 전에 서울 봉은사에 걸린 판전版殿이란 글씨를 남기기도 했다.

한 발 더 나아가 괴테 같은 이의 말에도 귀를 기울일 필요가 있다. "좋은 시란 어린이에게는 노래가 되고 청년에게는 철학이 되고 노인에게는 인생이 되는 시다." 시를 두고 한 말 가운데 이보다 더 좋은 말은 없다. 과연 나는 그런 시를 이룰 수 있을 것인가? 자신은 없지만 터벅터벅 가는 데까지는 가 볼 일이다.

시에서는 어디까지나 동심이 소중하다. 나이 든 사람이 시를 쓸 때 동심의 도움 없이는 좋은 시 쓰기가 쉽지 않다. 마땅히 마음속 어린이를 깨워 그에게 말을 시키고 그에게 세상을 바라보게 하고 또 그를 따라 생각하며 시를 써야 할 일이다. 그러하다. 몸은 이미 늙었지만 마음속엔 아직도 어린아이가 살고 있고 어린 마음이 살고 있다. 늙은 하드웨어에 어린 소프트웨어다.

이런 경우는 '애늙은이'가 아니라 '늙은 어린아이'가 된다. 이 어린아이를 일으켜 세워 사물을 보게 하고 느끼게 하고 또 그것을 솔직담백하게 말하게 하면 된다. 그것이 나이 든 사람의 시가 나가야 할 길이다. 이럴 때 동심이 천심天心이고 시심詩心이며 또 그것이 만인의 마음, 만심萬心으로 통한다는 말을 한다.

나이 든 시인의 시 쓰기, 즉 시의 표현은 또 어린아이의 어법을 차용하는 베이비 토크다. 네 살이나 다섯 살짜리 이제 막 말을 배우기 시작한 아이가 하는 그 혀짜래기 말 그것이다. 천천히 말하면서 약간은 미완성인 채로 끝나는 문장. 빠짝빠짝 잘라서 하는 화법. 굳이 어렵게 돌려서 하는 어법이 아니다. 핵심만 간명하게 내놓는 말이다. 화려한 수사나 까다로운 표현, 현학과는 더더욱 거리가 멀겠다.

A→B→Á로의 전환이다. 이때의 Á는 본래의 A와는 차이가 있다. A는 A지만 A가 아니다. B를 거쳐 온 A이기 때문에 거기에는 인생의 체험과 사색이 담겨 있게 마련이다. 하나의 지혜요 회고요 또 새로운 전망이다. 이렇게 되면 시의 독자층도 확대될 것이다. 굳이 성인층으로 제한할 것도 없다. 어린이가 읽어도 충분히 이해가 되고 감동이 가는 시가 될 것이다. 이것이 정말로 나이든 시인이 나아가야 할 소망스런 시의 세계, 그 확장이다.

시인은, 무릇 예술가란 자기 인생에 대한 지나친 계산이 없는 사람이다. 세상에 대한 손익계산이 빨라도 곤란하다. 가능한 한 좋은 것, 아름다운 것을 사랑하고 따라가는 사람이어야 한다. 그래서 겉에 나타난 현실보다는 눈에 보이지 않는 꿈의 세계를 그리워하며 쫓아가는 사람이다. 그래서 가끔은 낭패를 볼 수 있는 일이라 하지만 그 또한 어쩔 수 없는 일이 아닌가 싶다.

실은 육신의 고통도 살아있음의 한 증거요, 슬픔도 고달픔도 죽은 사람에겐 없는 것이란 말을 앞에서 어딘가에 쓴 적이 있다. 그러함에 있어 그리움과 사랑은 더욱 말할 것이 없는 일이다. 인간은 육신과 정신과 영혼으로 되어 있다. 육신은 낡고 정신은 구태의연할 수 있지만 영혼만은 늘 새롭다. 아니, 처음부터 새로운 것이 영혼이고 늙지 않는 것이 영혼이다.

　사랑도 영혼이 지배하는 영역이다. 시도 영혼과 연결되어야만 제대로 된 시가 가능해진다. 영혼이 참여하면 인간의 정신을 넘고 육체를 넘는다. 사랑은 내 안에 들어있는 영혼의 떨림 같은 것. 그 떨림은 결코 부끄러운 것이 아니고 오히려 자랑스런 것이다. 슬아, 너를 생각한다. 너를 사랑한다. 너는 나의 영혼. 내가 너를 생각하고 사랑함도 내가 살아있음의 한 증거. 그것은 세상에서 받은 선물 가운데 가장 빛나는 선물이며 특권 가운데 특권이다.

마흔두 번째 이야기 **슬이, 너니까**

　　요즘 슬이가 자꾸만 나의 눈을 피한다. 똑바로
보지 않고 얼굴을 돌리고 또 함께 마주 앉는 시간을 버거워한다.
안다. 그 이유를 안다. 내 눈빛이 너무 끈적거려서일까? 부담스
러워서일까? 제 마음이 진정 이쪽에 있지 않고 저쪽에 있어서일
까?

　"슬아, 나 네 자동차 좀 태워주지 않을래?"
　2층에서 1층 사무실로 내려가 슬이에게 자동차를 좀 태워 달라
는 말을 건넸다. 뚱한 표정으로 슬이는 책상 서랍에서 자동차 키를
꺼내 가지고 사무실 문을 열고 나간다. 자동차에 올라 운전하면서
도 슬이는 말이 없다. 하기는 그게 슬이의 본래의 모습이다. 나는
운전석 백미러에 비쳐진 슬이의 얼굴을 보지 않으려고 애를 쓴다.
일부러 눈을 감기도 한다.

"우리 곰나루 쪽으로 좀 가자."

여전히 운전만 계속할 뿐 슬이는 대답이 없다. 곰나루 솔밭이 보이고 자동차가 강변 쪽 길로 접어들었을 때 다시 말을 한다.

"슬아, 여기쯤 차 좀 세우자."

슬이는 자동차를 한적한 길가 풀밭에 세운다.

"슬아, 고개를 좀 돌려 내 눈을 좀 보아주지 않을래?"

"왜요?"

"아마 눈이 새빨갈 거야. 어제 저녁 잠을 잘 자지 못했거든."

모처럼 내 눈을 마주 보는 슬이의 눈은 여전히 맑은 눈, 희고도 푸른 눈이다. 조그맣지만 깊은 호수다. 분명 가까이 있지만 머나먼 풍경이다. 나는 슬이의 눈을 보면서 그동안 마음에 담아두었던 말들을 한꺼번에 쏟아놓는다. 슬이도 그 눈길을 피하지 않고 내 말을 듣는다.

"슬아, 너는 실은 별로 이쁘지도 않고 크게 매력이 있는 아이도 아니야. 그저 보통 여자 아이들 가운데 한 사람이야. 그러나 나에게는 의미가 달라. 너니까, 바로 너니까 그래. 이건 너도 알 잘 거야. 내가 그동안 너를 아끼고 사랑해왔다는 것 말야. 그러나 지금 나에게는 시간이 필요해. 너에게 준 마음을 거둬들일 시간이 필요해. 우리는 언제까지나 같은 직장에서 일하지 않아. 너도 가고 언젠가는 나도 떠나갈 거야. 그때까지만이야. 그때까지라도 내 마음을 알아주고 받아줄 수 없겠니?"

아무리 길게 말하고 설명해주고 졸라도 슬이는 까딱도 하지 않는다. 슬이는 생각이 매우 단순하고 명쾌한 아이다. 눈에 보이는 것, 확실한 것만을 믿고 생각한다. 결코 눈에 보이지 않는 것은 생각하지도 않고 꿈꾸지도 않는다. 바라지도 않는다. 먼 것을 그리워하지도 않는다. 이런 면에서 슬이는 나와 영판 다르다. 아니다. 젊은 세대들의 일반적인 특성이다.

"원장님, 알아요. 저도 알아요. 예술가들은 마음속에 누군가를 생각하며 예술작품을 만든다는 걸 알아요. 원장님이 저한테 잘해주시고 좋아하는 것도 알고 저에 대해서 시를 쓰신다는 것도 잘 알아요. 원장님이 남자친구였다 해도 좋았을 거예요. 그치만 저는 그냥 직원이고 원장님은 원장님이시잖아요. 원장님도 저를 좋아하는 마음을 마음속에 간직하기만 하고 표현하지 않으셨으면 좋겠어요."

모처럼 길게 이어진 슬이의 말이 마치 항변처럼 들리기도 하고 애원이나 부탁처럼 들리기도 한다. 슬이는 참 똑똑한 아이다. 암팡진 내면이 있다. 야무딱스럽다. 그렇지만 슬이의 말을 듣는 순간 나의 가슴은 또다시 쓱벅 면도칼에 베이기라도 한 듯 아파온다. 눈에 눈물이 핑 돈다.

'그래 네 말이 맞다. 내가 그르고 네가 옳다, 옳아.'

곰나루의 오래 묵은 소나무 숲의 키 큰 소나무들은 말없이 우리를 바라보며 서 있고 강물은 더 멀리 흘러가면서 역시 아무런 소리도 내지 않았다. 이렇게 또다시 나는 슬이 앞에서 철없이 매달리며 통사정하는 어린아이가 되고 슬이는 또 의젓하게 나를 타이르는 어른이 되기도 한다. 도대체 이러한 나를 나는 어찌하면 좋단 말인가!

닻

나는 닻이 필요해
난바다 세상에 나를 지켜줄
닻이 있어야만 해

나는 조그만 거룻배
너는 나를 지켜주는
마음의 닻

하루도 나
좋아하는 사람 없이는
살아갈 수 없다는 걸
너도 잘 알잖니?

내 마음을 지켜주어서 고마워

어여쁜 닻이 되어주어서 고마워

사실 나는 너를 위해
너를 사랑한 것이 아니라
나를 위해 너를 사랑한 거란다.

나는 네가 좋아하는 사람이 생겼다는 걸 안다. 축하할 일이야. 그렇지만 내게 너무 쌀쌀하게 굴진 말다오. 나는 네가 충분히 행복해질 권리가 있다고 생각한다. 네가 좋아하는 사람을 찾아가는 걸 뒤에서 지켜보고 싶어. 그게 내가 생각하는 너에 대한 사랑이야.

떠나더라도 부디 곱게 떠나는 모습을 보여 다오. 떠나더라도 아주 정을 떼지 말고 떠나는 것이 좋은 거야. 나도 너를 곱게 예쁘게 떠나보내고 싶어. 너도 살아 있는 한은 나를 잊지 못할 것이다. 나도 너를 살아있는 동안은 잊지 않을 거야.

너는 나의 딸이나 마찬가지야. 딸이라도 막내딸이야. 그래, 막내딸이 되어다오. 나에게는 내가 무척이나 사랑하는 딸이 하나 있다는 걸 너도 잘 알 것이다. 그 딸 다음으로 너를 사랑해. 가끔은 내가 사준 귀걸이도 하고 와서 나에게 보여주기도 하고 마음이 편한 날은 사진도 찍게 해주고 그래라. 그래야 내가 덜 섭섭하지.

올해 생일선물은 챙기지 않을 거야. 네가 불편하게 생각하기 때문이야. 대신 용돈을 조금 준비했어. 두었다 좋은 데 쓰기 바란다. 부디 함께 있는 동안 마음 편하게 지내다 가거라. 떠난 다음에도 가끔은 서로 연락하고 살기를 바란다. 내게는 그런 사람이 많이 있어. 네가 곁에서 보아서 알 것이다. 너도 그런 사람 가운데 하나야.

너의 스물여덟 번째 생일을 미리미리 축하한다. 부디 건강하게 마음 편하게 지내는 모습을 보여다오. 현명한 사람은 사랑했던 사람들에게 등을 돌리지 않고 떠나는 법을 아는 사람이란다.

(이 글은 컴퓨터로 쓴 글이니 읽어보고 없애도 좋다. 2012. 2. 28)

꽃그늘

아이한테 물었다

이담에 나 죽으면
찾아와 울어줄 거지?

대답 대신 아이는
눈물 고인 두 눈을 보여주었다.

마흔네 번째 이야기 생일 축하

오늘은 슬이의 스물여덟 번째 생일을 맞아 연구원 직원들이랑 생일 축하 점심을 먹었다. 날짜로 3월 9일. 진짜 생일은 3월 11일인데 미리 당겨서 축하를 한 셈이다. 언제든 직원들이 생일을 맞으면 점심은 내가 산다. 그것도 생일을 맞은 당사자가 좋아하는 음식으로 산다. 그것이 스스로 정한 나의 임무요 규율이다. 그래 보아야 일 년에 몇 차례 사지 않는 음식이다.

슬이는 며칠 전부터 비프스테이크가 먹고 싶다고 했다. 그래서 그 음식을 먹으러 온 것이다. 공주는 시골도시라서 이런 양식요리를 제대로 하는 집이 공주대학교 기숙사 옆에 있는 18층짜리 스카이라운지밖에는 없다. 이 집은 미리 예약을 해야 하므로 예약까지 해서 점심을 먹으러 왔다.

음식을 주문하고 생일 케이크를 잘랐다. 생일 케이크는 연구원의 또 다른 직원들이 마련한다. 그것이 또 하나 불문율이다. 말하자면 생일을 맞은 당사자와 밥을 사는 나를 제외해야하니까 남은 몇 사람이 준비하도록 되어 있다. 고급스런 초콜릿 케이크다.

케이크에 초를 꽂았다. 큰 초가 둘, 작은 초가 여덟. 슬이 나이가 벌써 이렇게 되었나? 슬이를 처음 만났을 때는 스물다섯밖에 안 되었는데 어느새 스물여덟 살이나 되었다. 시간의 흐름이 빠르고 덧없음을 새삼 느낀다. 함께 지내기를 햇수로 4년. 그동안 슬이는 별로 변한 모습이 아니다. 더 예뻐지고 세련되었다면 또 그렇게 보일만 하다.

'생일 축하합니다. 생일 축하합니다. 사랑하는 예슬이 생일 축하합니다.' 노래를 빙자하여 이번에는 슬이를 사랑한다는 말을 공개적으로 크게 해본다. 슬이는 핸드폰으로 촛불이 켜진 생일 케이크 사진을 찍는다. 사진 찍는 슬이를 또 나는 사진 찍는다.

"우리 원장님 좀 봐요. 생일 축하를 핑계 삼아 오늘은 사진을 만판 찍고 계셔요."
경이가 한 마디 거든다. 그래도 나는 모른 척 사진기 셔터 누르기를 멈추지 않는다. 촛불을 끄고 다시 박수를 하고 케이크를 자르는 동안 주문한 음식이 나온다. 음식은 왕새우 비프스테이크. 이 집에서 자랑하는 추천 요리다.

음식이 나오자 음식을 자르기 전, 슬이는 다시 핸드폰으로 음식 사진을 찍는다. 옆에서 경이도 함께 사진을 찍는다. 맛나게 음식을 먹는 슬이를 보면 기분이 좋다. 약간은 음식 값이 비싸게 나갔지만 이렇게 즐겁게 음식을 먹는 것을 보노라면 돈을 쓴 것이 하나도 아깝지 않다는 생각이 든다.

앞으로 나는 슬이의 생일 날 몇 차례나 생일 축하 음식을 사줄 수 있을 것인가. 이런 사소한 생각 앞에서도 멈칫해지는 마음이 있고 새삼스럽게 주변을 살피는 마음이 있다.

선물 · 2

선물을 주고 싶다고?
선물은 필요치 않아
네 얼굴과 네 목소리와 너의 웃음이
나에겐 선물이야
너 자신이 나에겐
그 무엇과도 바꿀 수 없는
오직 하나뿐인 선물이야

네가 그걸 알기나 하는지 모르겠다.

슬아, 내가 쓴 시 가운데 요즘 독자들한테 사랑받는 시가 몇 편 있어. 그 가운데 한 편이 「풀꽃」이란 것을 너도 잘 알 거야. 이 시는 고은 시인의 '내려갈 때 보았네/ 올라갈 때 보지 못한/ 그 꽃' 이란 시와 함께 '극서정시極抒情詩'란 이름으로 이야기되고 있는 시야. 극서정시란 용어는 아직은 귀에 익지 않은 용어인데 일부 평론가들이 최근 만들어낸 용어인 것 같아. 아마도 짧은 형식 안에 많은 내용을 담은 시라는 뜻일 거야.

자세히
보아야 예쁘다

오래 보아야
사랑스럽다

너도 그렇다.

　겨우 다섯줄짜리 시. 그런데 이 시를 통해 많은 사람들이 자기 나름대로 특별한 느낌을 받는 모양이야. 아마도 이 시가 사람들의 처지에 따라 얼마든지 다르게 해석할 수 있는 여지가 있어서 사람들로부터 사랑 받는 것 같아. 말하자면 보편성이 있고 외연外延의 폭이 넓어서 그런 것이겠지. 이와 함께 또 가끔 사람들이 자기네 카페나 블로그에 옮겨가는 시로 「안부」란 작품이 있어.

　오래
　보고 싶었다

　오래
　만나지 못했다

　잘 있노라니
　그것만 고마웠다.

　이 역시 여섯 줄에다가 복잡하지 않은 언어구조로 된 시야. 오래 만나지 못했지만 잊지 않고 살아온 사람에 대한 그리움과 반가움을 그윽한 마음으로 표현해본 작품이지. 주로 동창회 모임 같은 데서 가져다 쓰는 것 같아.

실은 지난번 병원에 입원해 있을 때 담당의사가 퇴원하는 날 찾아와 인터넷에서 보았노라며 이 시를 외워서 들려준 일이 있어. 그때 그 젊은 나이의 의사선생님이 시를 다 외우고 나서 얼굴이 빨개지도록 부끄러워하는 거야. 그 모습을 보면서 얼마나 고맙고 감동적이었는지 몰라. 아, 내가 시를 쓰는 사람인 것이 얼마나 다행인가 그런 생각을 잠시 하기도 했지.

내가 이렇게 짧은 시를 쓰게 된 것은 젊은 시절부터 중국의 당시나 일본의 하이쿠 같은 간결한 시를 많이 읽어왔기 때문이야. 우리나라에 시조란 시가詩歌 형식이 있는 것처럼 중국의 당시나 일본의 하이쿠도 정형시야. 매우 짧은 가운데 하고 싶은 이야기를 모두 해야만 하는 그런 시가 형식이지. 그러니까 말을 고르고 골라서 해야만 해. 중요한 말, 핵심적인 말만 해야만 해. 이렇게 쓰여진 나의 시 가운데 「행복」이란 시가 한 편 더 있어.

저녁 때
돌아갈 집이 있다는 것

힘들 때

마음속으로 생각할 사람 있다는 것

외로울 때
혼자서 부를 노래 있다는 것.

사실 생각해보면 행복이란 것이 멀리 아득하게 있는 것 같지만 아주 가까운 곳에 있어. 다른 사람에게 있는 것 같지만 나한테 이미 있는 것들이야. 그것을 발견해서 쓴 시가 바로 이 시야. '집'은 삶의 공간이면서 의식주를 포함하는 요소야. 그리고 '사람'은 마음의 재산이며 더불어 살아가는데 없어서는 안 되는 참으로 좋은 이웃들이지. 그리고 '노래'는 보다 더 윤택하고 완전한 삶을 위해 추가되고 요구되는 문화적 요소를 말해. 사람이 의식주와 사람만으로는 제대로 살았다고 할 수가 없어. 그래서 노래, 즉 문화가 필요한 것이지.

나도 실은 젊은 시절부터 이러한 것을 알았던 건 아니야. 나이 들어서 천천히 알게 된 것이지. 슬아, 이 시를 다시금 읽으며 네가 생각이 나는 부분은 '사람'이 나오는 부분이고 '노래'가 나오는 부분이야. 힘들 때 생각이 나는 사람도 슬이 너고, 외로울 때 부를 수 있는 노래, 그것도 바로 슬이 너야.

내가 앞으로 얼마나 더 세상에 남아 너를 생각하고 너와 함께 이야기하고 너를 생각하며 글을 쓰고 그럴지는 나도 모르는 일. 다만 신이 허락해주시는 날까지 열심히 살자 그럴 뿐이지. 어쨌든 내가 세상에 살아있는 날까지는 너를 잊지 않고 생각할 거야. 그래서 힘든 일이 있을 때, 외로운 마음일 때 너를 생각하고 너를 하나의 노래의 선율처럼, 그림처럼 떠올릴 거야.

마음속에 사람 하나 간직하며 살아간다는 것이 얼마나 소중한 일이고 힘이 되는 일이고 사무치도록 감사한 일인 것인가를 너로 하여 다시금 깨닫게 된단다. 슬이, 내 마음속에 살아준 너에게 고마워.

모처럼 카메라를 찾아들고 자전거에 올랐다. 제민천 개울가에 피어있는 개양귀비 꽃을 찍기 위해서다. 심은 사람도 없이 저절로 싹이 터서 자라나 꽃을 피운 꽃이다. 모처럼 내가 정말로의 나로 돌아온 느낌이다. 아니, 아주 많은 나의 배역으로부터 빠져나와 비로소 내가 된 느낌이다. 그만큼 홀가분하다.

귓가에 바람이 스치고 챙이 넓은 여름모자 속으로 바람이 통과하는 것을 느낀다. 이러한 느낌이 좋다. 개울 옆에 또 하나의 개울이 되고 나무 옆에 또 하나 나무가 되어보고 풀꽃 옆에 또 하나 풀꽃이 될 수 있는 이러한 여유로움. 나는 그만큼 허허롭고 나 자신을 떠난 또 하나의 내가 되기도 한다. 차라리 나 자신을 깡그리 잊어버리고 싶은 시간이다.

어디선가 뻐꾸기가 운다. 꾀꼬리가 운다. 먼 곳에서 메아리처럼 검은등뻐꾸기도 운다. 허허허허, 그 허전한 울음. 흔한 참새 울음소리에서도 향내가 날 것 같다. 아니다. 요즘엔 참새도 흔한 새가 아니다. 귀한 새가 되었다.

개울가에서 분홍빛 하늘대는 개양귀비 꽃을 찍고 자전거를 타고 아래쪽으로 갔다. 가는 길에 보니 도로화단의 아이리스는 거의 다 아스러져 꽃송이가 몇 개 남지 않았다. 대신 골목길 담장 위에 새빨간 줄장미 꽃들이 피어 있다. 이제 줄장미의 계절인 것이다.

공주교육대학교 앞, 개울 건너편에는 꽃을 잘 기르는 집이 있다. 직장에서 퇴직을 하고 나와 서양풍의 집을 짓고 딸을 기르듯 아내를 보듬듯 꽃을 가꾸며 사는 남자네 집이다. 해마다 이 집 앞을 지날 때면 꽃구경을 했는데 올해도 꽃구경을 해서 다행이다.

이 집 주인은 집 안에만 꽃을 기르는 것이 아니라 대문 밖 울타리 밖에도 꽃을 기른다. 뜨락의 꽃보다도 많은 꽃들을 바깥쪽에 내놓아 기른다. 지나가는 사람들에게 보라는 뜻일 것이다. 마치 영국에 갔을 때 보았던 영국 사람들의 도로변 꽃밭을 다시 보는 것 같은 느낌을 준다.

한참을 쪼그리고 앉아서 여러 가지 꽃들을 카메라에 담았다. 오늘 이 자리에서 본 꽃을 다시 보려면 적어도 일 년은 더 기다려야만 한다. 그때까지 내가 살아있어야 하고 그런 뒤에도 이 자리로 내가 돌아올 수 있어야 한다. 또 이 자리에 오늘 본 꽃들이 피어 있어야 한다.

쉬울 것 같지만 쉬운 일이 아니다. 내가 일 년 뒤에 살아있다는 보장도, 이 자리로 돌아온다는 보장도 없다. 또 이 자리에 오늘 보았던 꽃들이 일 년 뒤에 피어 있다는 것도 만반 믿을 것은 못된다. 그러므로 오늘 나와 이들 꽃과의 조우는 놀라운 일이며 특별한 것이 된다.

무릇 살아있는 존재들의 만남이 이렇다. 그만큼 소중한 것이다. 내 앞에 있는 꽃이 나에게 소중한 것이요 꽃한테도 저를 바라보아 주는 나의 실재는 놀라운 것이다. 바로 이 꽃! 바로 이 사람! 바로 너와 나! 그러할 때 눈물이 나지 않을 수 없고 서럽지 않을 수 없는 일이다.

생명의 속성과 본질이 그렇다. 모든 생명 가진 존재들은 끊임없이 변화하는(변화성) 오직 한 번뿐인 존재들이다(일회성). 그리고 순간에 흘러간다(순간성). 한 마디로 유일무이한 것이 생명체인 것

246

이다. 이러한 변화성과 일회성과 순간성을 인정하지 못할 때 서럽다 하고 안타깝다 하고, 추억이란 용어도 이 어름에서 생겨나는 것이다. 그러므로 모든 생명체는 애달프고 아름답고 소중한 존재들이다. 어떤 생명체도 하찮고 무가치한 것들은 없다.

슬이 너도 마찬가지. 내 앞에 있는 너도 하나의 꽃. 너를 만나기 위해서 나는 얼마나 먼 거리를 돌아서 돌아서 힘겹게 여기까지 왔는지 모른다. 내일 이 자리에서 내가 너를 다시 본다는 확신은 어디에도 없다. 너나 나에게 내일이 없을 수도 있고 내일이 운 좋게 허락된다 하더라도 오늘날 뛰는 가슴 빛나는 눈초리로 서로 만났던 것처럼 만날 수 있다는 건 미지에 가깝다.

어제 피어있던 그 꽃이 아니고 내일 피어있을 저 꽃이 아니다. 바로 이 꽃이다. 길거리에서 만났던 아무 아가씨나 젊은 아가씨가 아니고 바로 너다. 너라도 어제의 너나 내일의 너가 아니고 오늘 내 앞에서 웃고 있는 바로 너이다. 그래서 우리는 다시 한 번 소중한 사람들이고 눈물 나도록 가슴이 저리도록 아름다운 사람들인 것이다. 이렇게 우리는 날마다 새롭게 만나고 새롭게 이별하면서 사는 것이다.

슬이를 위한 기도

하나님 이 사람을 잠시
사랑함을 용서하옵소서

손을 맞잡고 있을 때까지만입니다
햇빛이 남아있을 때까지만입니다
눈물 글썽이며 바라보고 있을 때까지만입니다
노래가 한 곡 끝날 때까지만입니다
가슴 두근거리며 생각할 때까지만입니다

하오나 지상에서 숨결 거둔 뒤에라도
사랑했던 마음들끼리 떠돌다가
몇 송이 어여쁜 꽃으로나 피어나게 하옵소서.

마흔일곱 번째 이야기 **또다시 사랑은**

     인간의 마음 가운데 사랑의 마음처럼 미묘하고 복잡한 마음이 또 어디 있을까. 기쁜 것 같기도 하고 슬픈 것 같기도 하고 안타까운 것 같기도 하고 안쓰러운 것 같기도 한 마음. 도무지 종잡을 수가 없다. 하나의 마음이 아니고 알록달록 색동의 마음, 아라베스크 문양의 마음이다. 참으로 사람을 고달프게 하고 힘들게 하는 마음이다.

     어쩌란 말이냐. 으스름 달빛으로 그늘진 밤중이다가도 이내 해밝은 대낮으로 바뀌고 만다. 넓게 열린 들판을 보여주다가도 이내 좁아진 골목길을 보여준다. 편안하게 심호흡을 하다가도 이내 숨이 막히고 갑갑해진다. 가까운 마음이기도 하지만 먼 마음. 이러한 변덕을 또 어쩌란 말이냐.

세상 모든 것이 내 것인 양 자랑차다가도 금세 모든 것을 잃어버린 듯 안타깝고 허전해진다. 가난뱅이 마음이 된다. 육신은 분명 어른인데 철부지 어린아이마냥 허둥대고 망설이는 발길이 있다. 지향 없이 설레고 헤매는 가슴이 있다. 누구라 없이 투정하고 싶고 어리광 부리고 싶은 마음도 있다. 이 사람아, 이 사람아. 왜 그러시는가.

처음부터 나 아닌 다른 사람에게로 쏠리는 마음이었다. 슬쩍슬쩍 눈길이 가다가 마음이 자주 가서 머물더니 종내는 그쪽으로 가서는 아예 이쪽으로 돌아오려 하지 않는다. 그의 마음이 이쪽의 마음이 되었다. 그래서 이쪽의 마음이 오히려 아프고 구슬프고 불안해진다.

그를 마주하고 있는 데도 아스라이 멀리 있는 것 같고 낯설기까지 하다. 마냥 안타깝고 조바심 나기도 한다. 그와 멀리 헤어져 있는 데도 그가 곁에 있는 양 정답고 그의 숨소리와 음성을 듣는 것 같다. 거리를 초월한 만남이요 실존이다. 이제는 그의 얼굴 이상의 그림이 없고 그의 음성 이상의 음악이 없다.

그의 얼굴이나 몸매가 꼭 예뻐서만 예쁜 것이 아니다. 그냥 예쁜 것이다. 그의 음성이 꼭 고와서만 고운 것이 아니다. 그냥 고운 것이다. 굳이 이유를 대라면 그이기 때문에 예쁜 것이고 그이기 때문에 고운 것이다. 조건은 없다. 그냥 안쓰럽고 그냥 사무치고 그냥 마음에 꽃으로 피어나서 어우러지고 만 것이다.

사랑은 하나의 신비요 하나의 마술이다. 비로소 자아로부터 해방되는 순간이고 끈질긴 이기심으로부터도 잠시 놓여나는 짬짬이 시간이다. 이 같은 사랑의 마음마저 없었다면 우리들 인간의 날들은 얼마나 막막하기만 했을까. 깜깜한 지옥살이 그것이었을까. 끝내 천박함을 면치 못했을 것이다.

사랑은 위대한 변용이고 승화이고 놀라운 위안이며 신비한 치유의 오솔길이다. 너와 내가 하나 되는 경험이고 드디어 승리의 세계다. 사랑의 마음에 의해서만 비로소 인간다운 인간이 가능하다. 사랑은 본질이고 목적 그 자체이다. 결코 수단이 아니고 꾸밈이 아니다. 부끄럼 없이 드러난 심상이고 붉은 한 쪽의 진실이다.

그가 우선이고 나는 차선이다. 나보다는 그의 처지를 먼저 생각해야만 했다. 그가 기뻐할 때 나도 따라서 기뻐하고 그가 슬퍼할 때 나도 따라서 슬퍼해야만 했다. 먼저 그가 나였고 내가 그였다. 그의 아픔과 괴로움은 또 나의 것이어야만 했다. 그리하여 그에게는 무한한 자유를 허락해야만 했고 나에게는 끝없는 속박을 자청해야만 했다.

그런데도 때로는 흔들리는 마음이 있다. 끝없는 자유를 주리라. 나의 뜻보다는 그의 뜻을 앞세우리라. 그랬음에도 나를 우선하고 싶은 유혹에 빠진다. 하나의 독선이요 고집이다. 그가 또 늘 내 곁에 있는 사람이기를, 내 그리움과 마음의 테두리 안에만 머물러주기를 바란다. 나만을 바라보아주기를 소망한다. 또다시 버리기 어려운 이기심이다. 마음의 얼룩, 풀어내야 할 마음의 고리다.

그렇지만 사랑은 끝끝내 지켜내야만 할 아름다운 약속이고 의무이고 또한 의리이다. 그가 좋았을 때만 사랑하는 것이 아니다. 그가 나빠졌을 때에도 사랑해야 한다는 것! 아니, 그가 나빠졌을 때 더더욱 그를 염려해주고 그를 지켜주고 그를 위로해주고 그와 가까운 자리에 있어야만 한다는 것! 그 같은 지상명령!

그리하여 사랑은 동행이다. 목마르고 다리 아픈 머나먼 인생길, 그 먼지 나는 사막 길의 동행이다. 사랑아. 너무 힘들어 하지 말아라. 우리 함께 가자. 네가 혼자서 가다가 정이나 힘에 부치면 옆을 보아라. 그때 네 옆에 내가 있을 것이다. 너와 함께 길을 걷고 너와 함께 힘들어 하고 너와 함께 거친 숨을 쉬고 있는 내가 있을 것이다.

사랑아. 우리 함께 가자. 머나 먼 길. 길 없는 길. 함께 가서 산 노을이 되든지 바다가 되든지 절벽이 되든지 그러자. 아, 우리가 저문 하늘 둥지 찾아가는 두 마리 새가 된다면 얼마나 좋겠느냐!

마흔여덟 번째 이야기 마가렛

오늘은 좀 일찍 퇴근하여 금학생태공원길을 산책
했다. 벌써 초여름 날씨. 개울가에 샛노란 창포 꽃들은 이미 시들고
있었고 그 대신 산책로 여기저기에 마가렛 꽃들이 한창이었다. 마
가렛은 우리말로는 나무쑥갓이라 불리는 꽃. 가을에 피는 구절초
와 매우 흡사한 꽃인데 또 샤스타데이지와도 혼동되는 꽃이다.

조봇한 모양의 잎사귀와 길쯤한 줄기가 떠받치고 있는 새하얀 꽃
이 여간 고결하게 보이지 않는다. 순백색 처녀의 혼이 실려있는 꽃
이라 그럴까. 자잘한 바람에도 목을 외로 꼬면서 흔들리는 품이 어
쩌다 만나는 나에게 반갑다 인사하는 것만 같다.

길을 걷는 조각시간 슬이 생각을 했다. 요즘 들어와 작은 몸집이
더욱 작아지고 조보장한 얼굴이 더욱 좁아진 슬이. 과묵한 성격인

데 더욱 말이 없어진 슬이. 그저 묻는 말에 네, 네, 네로만 대답할 뿐인 슬이. 속내를 잘 드러내지 않으니 왜 그런지 모르지만 그저 편안히 잘 지내기만 바랄 뿐이다.

또다시 마음이 아뜩해지면서 목이 마른 것 같기도 하고 아린 것 같기도 하다. 가슴이 답답해지려고 한다. 누군가를 사랑하고 좋아하면 매양 즐겁고 기쁘기만 해야 할 텐데 그것이 그렇지 않으니 안타까운 노릇이다. 이것이야 말로 인간이기에 가질 수밖에 없는 하나의 굴레다. 이중구조요 모순이다.

청소년 이래 나는 여러 차례 이런 굴레와 번민의 시간을 산 일이 있다. 자청해서 갖는 고통의 날들이요 어지러운 시간들이었다. 그것은 하나의 병적인 증상. 중년기엔 한동안 잠잠했는데 이제 나이 들어 그런 병증이 새롭게 도진 것이다. 슬이를 만나고부터다.

턱없이 어린 여자지만 슬이도 여자는 여자다. 나는 또 슬이를 여자로서 좋아하는 것이다. 남자와 여자의 사랑. 그러나 그 남자의 여자에 대한 사랑에도 종류가 여러 가지라고 생각한다. 나이, 그러니까 인간의 성장단계에 따라서 다르고 환경이나 처지에 따라서 다르다고 생각한다.

적어도 내가 생각하는 슬이에 대한 사랑은 젊은 시절의 사랑과는 차이가 있다. 결혼을 전제로 한다든지 함께 생활을 하고 싶다든지 그런 사랑이 아니다. 물론 안고 뒹굴고 싶은 그런 본능의 사랑도 아니다. 어디까지나 나이 먹은 사람의 사랑이고 새하얀 사랑이다.

새하얀 사랑. 그러하다. 바라보기만 해도 좋고 목소리 듣기만 해도 좋은 사랑. 생각만으로 충분히 마음이 가득 차고 기쁜 사랑. 그런데 왜 나는 이렇게 말을 하면서도 슬이에 대해서 괴로워하고 답답해하고 아득한 심정을 내려놓지 못하나?

이게 다 내 마음이 미욱한 탓이다. 밝음이 없어서 그렇고 본질을 보지 못해서 그렇다. 우리네 삶은 괴로움이나 슬픔 같은 마이너 감정까지도 감사한 것이다. 만약 우리가 죽은 목숨이었다면 그런 감정조차도 내 것이 아닌 것들이다. 오직 살아서 숨 쉬는 사람이기에 그런 감정조차 내 것일 수 있는 것이다.

살아있음은 다시 한 번 축복이요 감사요 행운이다. 그러므로 슬이를 사랑하여 갖는 잠시의 번민과 고통까지도 축복이요 행운이요 감사다. 분명히 그것은 그렇다. 여기까지 생각이 이르자 나의 발걸음은 가벼워지기 시작한다. 어둠이 내려앉기 시작하는 저수지 물가에 하룻밤 잠을 청하기 위해 찾아온 몇 마리 물새의 날갯짓조차

한가롭다.

발밑에 어우러진 마가렛 꽃들이 웃는다. 새하얀 웃음이다. 알 듯 모를 듯한 웃음. 무엇인가 이야기하고 싶은 표정. 마가렛 꽃들이 이 저녁 나에게 들려주고 싶은 이야기는 무엇이었을까? 마가렛 꽃 사이사이 슬이가 웃는다. 새하얀 이를 드러내놓고 모처럼 맘 놓고 웃는다. 마가렛 꽃은 어린 꽃. 순백의 새하얀 꽃. 슬이도 어린 처녀. 순백의 새하얀 어린 처녀. 마가렛 꽃이 슬이인가. 슬이가 바로 마가렛 꽃인가.

슬아. 너의 웃는 얼굴을 볼 때마다 나는 내가 지금 천국에 살고 있는 사람이구나, 그렇게 생각하고 너의 맑고 곱고 짠득한 목소리 들을 때마다 그것은 과연 확실하구나, 그렇게 믿는 사람이란다. 슬이 너는 나에게 천국을 열어 보여주는 사람. 너야말로 나의 천국의 열쇠를 쥐고 있는 사람. 마가렛 꽃들의 새하얀 웃음이 점점 어둠에 묻혀가고 있었다.

이별에게

누가 시든 꽃을
아깝다 하랴
누가 버린 꽃을
기억한다 하랴

하루 종일 외로워하며
잊어버리고
밤새도록 슬퍼하며
마음을 끊는다

잘 가라 사랑했던
한 시절의 날들이여
빛나는 눈빛만

향그러운 숨소리만 조금
남겨다오

부디 아프지 말고
여봐란 듯 잘 살아라.

오늘도 나는 슬이가 새로운 옷을 입고 왔기에 사진을 좀 찍자고 사정을 했다. 그러나 예상했던 대로 슬이의 반응은 매우 쌀쌀하고 부정적인 쪽으로 나왔다. 완강하고 위협적이기까지 하다.

"슬아, 사진 한 번만 찍게 해주라."
"오늘 찍으면 앞으로 영영 사진 찍지 않을 거예요."
"얘가 왜 이렇게 강해졌는지 몰라."
"원장님이 그렇게 만들었잖아요."

마음이 깜깜해진다. 검정 물감이 울컥 몰려온다. 절망감이다. 사실 인간은 어떤 사실이나 현상을 두려워하기보다는 그 마음, 정서 상태, 그러니까 기분을 더 두려워하고 걱정하는 일면이 있다.

"슬아, 네가 그러면 내가 너무나 불행한 느낌이 들어. 내게 너무 그러지 말아라."

"원장님은 원장님의 행복만 생각하세요? 원장님의 행복이 다른 사람의 불행이 될 수도 있잖아요."

또다시 슬이의 행복론과 불행론이 펼쳐진다.

"알았어, 알았다니까. 내 오늘은 사진 찍는 것 포기다. 그럼 됐지?"

그런데도 슬이는 별반 표정에 변화가 없다. 처음부터 관심 없다는 투요, 저하고는 무관하다는 투다. 에이, 녀석 같으니라구.

"그런데 그 동안은 왜 암말 없이 사진 찍게 해주었는데?"

"그건 제가 원장님한테 예의 차원에서 그랬던 거지요."

허, 이 아가씨 좀 보게. 정말로 그랬다. 슬이는 그동안 참 오랫동안 내 사진의 모델이 되어주었다. 그것이 모두가 예의 차원의 대접이었다는 대답이다.

참 슬이가 많이 변했다는 생각이 들어 섭섭한 마음이 들기도 한다. 그러나 한편 생각해보면 이건 당연한 귀결이요 슬이가 여러 모로 성장했다는 증거이기도 하다. 그래서 대견스럽기까지 하다. 그 당당함을 칭찬해주고 싶을 정도다. 두 눈 똑바로 뜨고 나한테 대들 수 있는 저 자신감. 당돌함. 이게 다 그 애가 달라진 탓이요 내가 만든 자업자득이다. 서로의 마음의 높이가 조정되고 달라진 것이다.

나는 그동안 전혀 상대방의 기분이나 입장 같은 것은 고려하지 않고 내 생각만으로 결정하고 행동해 왔던 게 사실이다. 이것도 하나의 독선이요 고집이다. 조그만 폭력이다. 내 욕심만 차린 이기심의 발로다. 흔히 말로는 그랬다. 사랑은 나만 생각하고 나의 유익만 구하는 것이 아니라 상대방을 먼저 높이고 상대방을 편안하게 해주고 상대방을 받드는 것이라고. 글로도 그렇게 자주 써 왔다. 그래놓고서는 행동으로는 전혀 그러지 못했던 거다.

지금껏 슬이와 트러블이 있어 왔다면 그것은 오직 이 사진 찍기에 관해서다. 처음부터 약간은 그랬다. 그것은 밀고 당기기의 게임 같은 것이었다. 그 게임을 내심 즐기고 있었는지도 모를 일. 그러면서 나는 슬이를 마치 말 못하고 움직일 줄도 모르는 화분의 꽃처럼, 예쁜 어린 아기처럼 대하지 않았는지 반성해본다.

지금껏 슬이를 향한 나의 사랑은 사랑이 아니었는지도 모른다. 오로지 나 자신만을 위한 감정의 유희였는지도 모른다. 슬이한테는 언제나 억지였고 무리였고 속박이었는지도 모른다. 슬이의 자유와 의지에 따른 것이 아니고 오로지 나의 욕구와 의지에 따른 독단이었는지도 모른다.

말이 없고 감정이 없다고 믿는 꽃이나 식물도 이편에서 억지를 쓰면 좋아하지 않는다. 예쁜 꽃을 피우지 않는다. 저들대로 놔두어야 좋은 꽃을 피운다. 새 한 마리 벌레 한 마리도 가두고 자유를 구속하면 싫어한다. 그럴 바에 슬이한테서랴?

슬아, 너의 당당함을 사랑한다. 너의 의연함을 좋아한다. 이제 네가 꽃이라면 살아서 숨 쉬는 꽃이다. 그냥 꽃이 아니라 말을 할 줄도 알고 웃을 줄도 아는 그런 꽃이다. 네가 산이라면 그건 당연히 오르지 않은 산이다. 네가 샘물이라면 마시지 않은 샘물이요 또 네가 과일이라면 나무에 매달린 채 따지 않은 과일이다.

이제라도 나는 네 앞에서 곱게 숨 쉬는 또 하나의 꽃이 되고 싶고 또 하나 산이 되고 싶고 또 하나의 샘물, 과일나무가 되고 싶단다. 사진 찍는 일로 해서 그동안 너를 힘들게 해서 미안해. 이 또한 사랑이란 구실로 저지른 나의 독선이었고 고집이었구나. 너에게 사과한다.

벚꽃나무 하는 말

헤어지더라도 마음 한구석

좋아했던 마음을 남겨두면서 헤어지자

떠나가더라도 기억의 쪽방

사랑했던 느낌을 남겨두면서 떠나가자

눈물이 고인다고 어찌 눈물을 흘릴 수 있을까보냐

울음이 나온다고 어찌 꺼이꺼이 울 수 있을까보냐

눈물이 고인다 하더라도 지그시 눌러 감추고

울음이 나온다 해도 입술 깨물어 목구멍으로 삼키자

바람도 없는 날 꽃잎을 흩으며

벚꽃나무 내 키보다 조금 높은

벚꽃나무 한 그루 길가에 서서

나를 바라보면서 말하고 있다

이젠 집에 가서 쉬거라 오늘은 이것으로 부족함이 없었다

너 떠나보내고 혼자서 집으로 돌아오는 길.

쉰 번째 이야기 │ 이제 너를 보낸다

슬아. 이제는 너와의 이야기도 이만큼서 끝내야 할 때가 되었다. 세상의 모든 일들이란 시작이 있으면 끝이 있게 되어 있단다. 이제 우리 이야기는 그 끝자락에 와 있는 거야. 그동안 나 때문에 많이 부담스러웠을 줄 안다. 관심도 지나치면 성가시고 사랑도 지나치면 시들한 법. 그런 걸 충분히 알면서도 그동안 너한테 매달리고 어린아이처럼 떼를 쓰고 그래서 미안했다. 나이는 내가 턱없이 많지만 번번이 네 앞에서 나는 너보다 어린 사람처럼 생각하고 행동했었구나.

그래도 그동안 나를 잘 보아주고 크게 물리고 타박하지 않아줘서 고마웠다. 다시금 어린 사람으로 돌아가 넋을 놓고 사랑하게 해주어서 고마웠다. 누군가를 그리워하고 사랑한다는 건 그것 자체가 빛나는 삶의 증거다. 살아서 숨 쉬고 있다는 표시다. 너도 알다시피

266

나같이 시를 쓰는 사람은 더더욱 누군가 한 사람을 마음속에 간직하며 그리워하고 사랑하지 않으면 안 되게 되어 있어. 어쩔 수 없는 자기업보 같은 것이지. 그 마음속 한 사람이 바로 너였던 거야.

슬아. 나로 하여금 다시금 설레는 마음을 갖게 해주어서 고마웠다. 사랑의 기쁨과 슬픔과 고뇌와 아픔을 생생하게 느끼게 해준 너에게 감사하게 생각한다. 어쩌면 너와 함께한 4년간의 날들이 나한테는 가장 완벽하고도 성공적인 사랑의 날들이었는지도 모른다. 이런 점에서 너한테 진 마음의 빚이 많다. 삶의 에너지를 많이 받았던 것도 사실이다. 너의 존재 자체가 나에게는 날마다 삶의 목표였고 희망이었음을 고백하지 않을 수 없구나.

너의 얼굴 보는 것이 오직 반가움이었으며 네 목소리 듣는 것이 떨릴 듯한 기쁨이었다. 그것은 가히 환희의 꽃다발, 폭죽이었다. 다시 고백하거니와 너는 그동안 나한테 몰래 만나는 애인이었으며 숨겨놓고 기르는 딸아이였다. 이제는 나도 내 자리로 돌아가야만 한다. 내 자리는 너를 바라보는 자리이고 너를 축복해주는 자리. 너의 빛나는 인생을 방해하거나 간섭할 권리가 나에게는 없다. 그러기에 나는 이제 부형의 마음으로, 보호자의 마음, 아버지의 마음으로 돌아가야만 한다. 조금은 쓸쓸하겠지만 어쩔 수 없는 노릇이다.

너는 내가 잠시 보았던 환상이었다. 짧은 꿈이었다. 아니, 신기루 였다. 사막 여행자들의 눈앞에 나타나 사람을 홀린다는 그 신기루 말이다. 이제 환상을 벗고 꿈을 깨치고 신기루를 멀리로 밀어낸다. 나는 그럴 수 있다. 오랜 시간이 흐른 뒤, 슬이 너도 희미하게나마 오늘의 일들을 회상하게 될지 모른다. 자기 생애에서 가장 소중하 고 아름다웠던 한 시기가 있었음을 깨달을지 모른다. 혹시 그때 한 늙은 시인으로부터 사심 없는 사랑을 받았다는 것을 기억해내고 기념해준다면 얼마나 좋겠느냐. 다시 한 번 슬아, 이 조그만 아가씨 야. 너를 사랑했다. 너를 좋아했고 날마다 너를 꿈꿨다.

그러나 어쩌겠니? 이제는 너를 보내야 한다. 나 자신을 보내야 한 다. 꽃송이 꽃빛깔에 실어서 너를 보낸다. 바람의 숨소리에 실어서 너를 보낸다. 하늘 빛 파랑 흰 구름에 얹어서 너를 보낸다. 이제 꽃 송이 송이 온갖 꽃송이가 바로 너다. 바람, 부드러운 바람결이 바로 너다. 하늘 빛 파랑 흰 구름이 바로 너다. 사랑했다. 너를 사랑했다. 넋을 잃고 너를 사랑했다. 사랑해서 고마웠다. 많이 행복했었다.

내 사랑은 아직은 설익은 과일. 푸른 나무 가지에 높이 걸려서 시 고도 떫고도 비린 맛. 아무리 예쁜 말 좋은 말을 들려주어도 알아듣 지 못하고 뚱한 표정을 짓는다. 그렇지만 내 사랑은 개울가에 동글 동글 어여쁘고 조그만 조약돌. 밤하늘에 저 혼자서 눈을 떠서 속살대는 애기 별. 바라보기만 해도 기쁘고 서럽고 가슴이 그득해진다. 내 사랑, 나의 마음 알아주려면 얼마나 시간이 필요할까? 아무래도 가을이 와 높은 나무 가지 과일에 단물이 들 때가 되어야 하겠지. 그렇지만 그때까지 나는 기다릴 수 없어. 그때가 되면 내 마음 변하기 때문이고, 나도 또한 이 자리 떠나기 때문이지. 그래서 나의 사랑은 떫은 사랑이 되고 나의 사랑은 슬픈 사랑이 된다.

슬아. 너 보지 못하고 나 어떻게 살까? 그것이 날마다 나에게 애달픈 고민이었다. 슬아. 네 목소리 듣지 못하고 나 어떻게 견딜까? 그것이 또 날마다 견디기 힘든 나의 과제였다. 그러나 네 모습 보지 않고 네 목소리 듣지 않고도 살아갈 수 있는 날 나의 사랑은 완성된다고 본다. 화석 속에 찍혀진 한 송이 꽃, 핏빛 선명한 꽃자죽처럼 말이다.

잘 가라. 우리 꼬마아가씨. 오늘 너를 보내지만 나는 결코 너를 보내지 않는다. 앞으로도 오래 동안 네가 내 마음속 꽃이 되고 등불이 되고 추억이 되고 피난처가 되고 에움길이 될 것을 내가 충분히 믿기 때문이다. 이제 너에게 자유를 준다. 그리고 나에게도 자유를 준다. 잘 가라. 잘 살아라. 사랑하는 내 아이야. 그동안 고마웠다. 살다가 언젠가는 나를 만나러 와 줄 것을 믿기도 한다. 슬아. 너, 나 안 잊어먹을 거지? 잘 가.

너 가다가

너 가다가
힘들거든
뒤를 보거라

조그만 내가
있을 것이다

너 가다가
다리 아프거든
뒤를 보거라

더 작아진 내가
있을 것이다

너 가다가
눈물 나거든
뒤를 보거라

조그만 점처럼 내가
보일 것이다.

아무리 사랑하는 사람이라도 내 삶을 대신 살게 할 수 없듯이 내가 알고 있는 것을 모두 알게 할 수는 없다. 더구나 내가 하고 있는 생각을 같이 하게 하고 내가 바라보는 것을 함께 바라보라고 강요할 수는 없는 일이다.

마음이 내키지 않는다 해도 사랑하는 사람 그 자신이 살고 싶어 하는 삶을 살도록 내버려두어야 한다. 그가 만나고 싶어하는 사람들 만나게 하고 그가 바라보고 싶어하는 풍경들을 바라보게 해야 한다. 그가 사랑하고 싶어하는 사람들을 사랑하게 내버려둬야 한다. 그것이 사랑이다.

그렇지만 여전히 좋아야 한다. 그의 모습이 좋고 그의 음성이 좋고 그의 마음쓰임이 좋고 그의 말 한 마디 한 마디 작은 표정까지가 좋아야 한다. 끝내는 그의 투정이나 핀잔까지도 좋아야 한다. 저항 없이 받아줄 수 있어야 한다. 그것이 다시 사랑이다.

더러는 가볍게 헤어질 수도 있어야 한다. 헤어진 다음에도 여전히 사랑하는 사람은 사랑하는 사람으로 남아야 하고 사랑하는 사람의 모든 것은 향기가 되어야 한다. 그것이 사랑의 감옥으로부터 해방되는 길이다. 그래서 사랑은 자유다. 자유를 누릴 때 사랑은 비로소 완전해진다.

생각해보면 인간의 사랑이란 별스런 것이 아닌지 모른다. 우선은 누군가에게 호감을 갖는 데서부터 사랑은 출발한다. 그 호감은 점점 호기심과 관심으로 바뀌고 그것은 또 인간적인 유대로 발전한다. 함께 있으면 좋은 느낌이 있을 것이다. 헤어져 있으면 보고 싶은 생각이 문득 들기도 할 것이다. 그의 모습 하나하나 행동 하나하나가 유정해지리라. 눈짓이며 얼굴 표정에서부터 걸음걸이, 손짓, 발짓에 이르기까지 의미가 부여될 것이다.

지근거리至近距離에 함께 있다는 인식이 커다란 위안이 된다. 서로 얼굴을 마주 바라보고 있는 시간이 지극한 행복감을 준다. 목소리 듣는 순간순간마다 기쁨이 샘솟는다. 더하여 그의 어여쁜 웃음은 얼마나 귀하고 사랑스런 꽃이 될 것인가. 그리하여 두 사람 사이엔 은밀한 마음의 핫라인이 열리고 공통된 관심사가 생긴다. 둘이서

만 통하는 이야기가 시작된다. 이것은 또한 상호간 신뢰를 부추기는 계기로 이어진다.

흔히들 사랑하게 되면 결혼이란 것을 하게 되고 가정을 꾸려 살면서 아기도 낳아 기르는 것이 하나의 피할 수 없는 수순이라고들 생각하기 쉽다. 그러나 그것은 사랑의 일부분일 뿐 전체집합도 충분조건도 아니다. 당연히 사랑하는 사람들은 스킨십으로 가까워져야 한다는 생각을 가질 수도 있겠다. 이 또한 오해의 소산이요 속좁은 생각이다. 결혼은 사랑보다는 생활 쪽이다. 그것은 하나의 실용이고 현실이다. 환상이 아니다. 결혼은 가정을 꾸림이고 그것은 생활과 경제의 공동체를 이룸이다. 육체적 결합 또한 생식과 종족 보존의 한 방편일 뿐이다.

어디까지나 사랑의 본질은 서로 좋아하는 데에 있다. 안 보면 보고 싶은 마음이 사랑이고 그를 위해 잘 해주고 싶은 마음이 사랑이고 나의 소중한 것을 무작정 그에게 드리고 싶은 헌신이 또 사랑이다. 그래서 가장 좋은 사랑은 그저 바라보기만 하는 사랑이고 지긋이 좋아하기만 할 뿐인 사랑이다. 조금은 미숙한 사랑이라 그럴까. 그의 사랑은 두근거리는 심장소리를 스스로 듣는 소년의 가슴을 지녔으리라. 아직 못할 먼 고장의 풍경을 그리워하는 맑고도 푸른 눈을 가졌으리라. 그 미숙함, 두근거림, 그리움이 오히려 가깝게 다가간 사랑의 항목들이다.

무언가 주고서 받기를 기대하는 마음은 시정잡배의 거래이지 결코 사랑의 마음은 아니다. 끝없이 주고서도 받기를 바라지 않는 마음이 정말로 사랑의 마음이다. 사랑의 원본이다. 우리는 여기서 무한대의 사랑, 무보상의 사랑, 무목적의 사랑을 상정한다. 애당초 사랑은 저쪽의 문제가 아니라 이쪽의 문제, 나의 문제이다. 또 그것은 물리적인 문제가 아니라 철저히 정서적인 문제이다. 그러기에 정말로의 사랑은 서로가 좋아하고 그리워하고 보고 싶어하는 단계에서 더 이상 나가지 않은 것이 좋겠다.

하늘을 오가는 바람과 구름은 하늘을 사랑하지만 한 번도 하늘을 상처내거나 괴롭히지 않는다. 다만 고요한 발걸음으로 하늘 복판을 건너갈 뿐, 흠집을 내지 않는다. 꽃을 찾아오는 벌과 나비들 또한 꽃을 사랑하지만 한 번도 꽃을 슬프게 하거나 힘들게 하지 않는다. 다만 꿀이나 꽃가루를 조용히 나투어갈 뿐, 꽃을 괴롭히지도 않고 심각하게 흔들지도 않는다.

인간의 사랑도 그렇다. 이쪽의 바람이나 욕망으로 저쪽을 불편하게 해서는 안 된다. 더구나 아프게 하거나 슬프게 해서는 아니 된다. 나의 사랑은 나의 사랑일 뿐이다. 충분히 저쪽의 생각을 감안해야 하기는 하겠지만 그것은 먼저 내 염원에서 발원한 것이기에 내가 처음부터 끝까지 책임져야 하고 내가 다스려야 할 나의 문제인 것이다. 또 그 사랑을 곱게 간직하는 사람도 다른 사람 아닌 나인 것이다. 저쪽의 반응이나 보답에 지배될 일도 아니다.

사랑은 언제까지나 투쟁이 아닌 평화의 어법을 채택한다. 그것은 끝없는 부드러움을 추구하고 살가움에 편들고 품어줌과 쓰다듬과 안쓰러움에 이웃한다. 더 나아가 배려에 촉수를 세우고 인내심에 의존한다. 더더구나 나를 위한 이기적인 소유나 상대방의 속박과는 거리가 멀다. 나부터 이것을 알아야 한다. 이것을 알고 실천해야 한다. 이것이 사랑이다. 이것이 사랑의 원본이다. 생각이 이쯤 이르면 나의 마음은 편안해지고 비로소 평정을 찾는다.

슬이를 좋아하고 사랑하는 마음은 오로지 나의 문제요 내가 간직하고 다스려야할 문제라 하지 않는가! 혼자서도 충분히 기뻐하고 충만할 수 있는 사랑이 좋은 사랑이라 하지 않는가! 그것이 정작 그렇다면 나는 슬이를 두고 완전한 사랑을 해볼 수 있을 지도 모른다. 이것이 사랑의 찬스, 원본으로서의 사랑을 해볼 수 있는 계기인지 모른다. 그것은 조금은 쓸쓸한 사랑이라 할 것인가? 스스로 기뻐하면서 꽃이 되는 사랑. 그 사랑으로 상대방을 더욱 아름다운 꽃으로 받드는 사랑. 그런 사랑을 오늘 나는 꿈꾸어 보기도 한다.

　　　방송에 출연할 일이 있어 대전케이비에스에 가는 길이었다. 다른 사람 승용차 신세를 졌다. 신호등에 막혀 충남대학교 가까운 길에서 자동차가 멈춰 섰다. 가로수 밑에 서있는 한 젊은 여자아이가 보인다. 청바지 차림. 긴 머리카락. 핸드폰으로 통화를 하고 있는 중이다.

　　뭉뚱한 키의 뒷모습. 가슴이 덜컥 내려앉는다. 왜 저 애가 저기에 와 있지? 그럴 리가 없다. 빗 본 것이다. 잘못 본 것이다. 의외의 장소, 의외의 시간. 엉뚱한 사람을 슬이로 착각한 것이다. 다만 느낌으로만 그랬던 것이다.

　　언제까지 내가 이래야 하나? 이건 지나친 마음의 장난이다. 이제는 그 애를 마음속에서 많이 밀어낸 줄 알았는데 여전히 내가 이런

다. 누군가 마음속에 기억으로만 집을 짓고 세 들어 살고 있는 걸 보아주는 건 매우 불편한 일이다. 사뭇 신경이 쓰이는 일이다.

슬이의 기억과 느낌이 좀 더 많이 지워지지를 바란다. 그 애의 향기가 나의 내부에서 더욱 희미해지기를 소망한다. 그러기에는 역시 내게 좀 더 시간이 필요한 것인지 모르고 참을성이 요구되는지 모르겠다.

떠나가거라, 이제. 부디 잊혀지거라, 이제. 내 한 때 사랑해 마지 않던 파랑새. 내 한 때 가슴 두근거리며 간직했던 어여쁜 아이. 숨겨 논 사람. 이제 나는 너 없이도 살아야 하고 너는 나 모르는 곳에서 살아야 한다. 그러다가 모르는 척 어떤 고비에서 우리는 또 새롭게 만나야 한다.

그것이 삶의 법칙이다. 그렇게 우리는 서로 변하는 자신을 믿고 상대방을 인정해야 한다. 주위 환경 모든 것들을 허용해야만 한다. 그것이 지혜이고 삶의 용기이다. 여기에 무슨 훈계나 당부나 도덕적인 기준 같은 것은 없다.

다만 우리는 물처럼 구름처럼 흘러서 변할 따름이고 언젠가는 사라지기도 하는 것이다. 그럼에도 불구하고 우리들 마음은 그 어떠한 꽃보다도 붉고 아름답고 가득한 것이다. 변하는 것들 가운데서도 오직 변하지 않는 것이 우리들 사랑이 아니겠느냐! 우리가 그것을 믿어주기로 하자.

역시 잘했다. 처음엔 글로 쓰기를 많이 망설였는데 이렇게 쓰기를 잘했다. 글을 쓰면서 그동안 슬이와 있었던 일들을 좀 더 찬찬히 들여다보고 반성도 하고 곱씹어도 보고 그래서 참 좋았다. 더욱 맑은 심정으로 슬이를 사랑할 수 있게 되어서 다행이다. 때로는 슬프고 안타깝기도 했지만 행복하고 따뜻한 마음이기도 했다.

글이란 대단한 힘을 가졌다. 읽을 때도 사람을 지배하지만 쓸 때도 글은 사람을 지배하고 영향을 준다. 지대한 영향이다. 희미한 생각이 분명해지고 어지러운 생각이 투명해지고 무엇보다도 아프고 서럽고 괴로운 마음이 위로 받는다. 일종의 정신적 치유기능이다. 글을 다 쓰고 났더니 나 자신과 싸워서 이긴 것 같은 마음이 들고 누군가로부터 용서받고 구원받은 느낌이 든다. 고맙고 감사한 일이다.

만약 나에게 속마음을 글로 드러내고 분명히 정리하고 달래고 그러는 능력이 없었다면 어떠했을까? 분명히 오늘만큼도 나는 가지런하고 맑은 사람이 되지 못했을 것이다. 크게 넘어져 다시는 일어나지 못하는 사람이 되었을 것이고 더 많은 결함을 어쩔 수 없는 사람이 되었을 것이다. 역시 글한테 신세진 바가 크다.

생각은 아무 때나 했지만 글을 쓰기는 주로 밤중에 일어나 했다. 남들 다 자는 밤, 혼자서만 깨어 야금야금 생각을 펼친다는 것이 매우 기분 좋았다. 허지만 좀 더 정성을 들여가며 천천히 썼어야 하는데 그러지 못해서 글한테 미안하다. 마치 무겁고 힘겨운 생각을 방바닥에 내팽개치듯이 썼다.

'썼다' 라고 하기 보다는 '써버렸다' 라고 말하는 편이 더 적당한 표현일 것이다. 역시 쓰고 나니 마음이 후련하다. 구름을 잔뜩 머금은 하늘이 모두 빗방울로 구름을 쏟아낸 그런 기분이다. 책으로 낼 것인지 안 낼 것인지는 아직 모르겠다. 특별한 계획도 없다. 이 글들은 나 자신을 위해서 쓰여진 글이란 성격이 강하다.

내가 좀 더 홀가분해지기 위해서, 더 나아가 살아남기 위해서 쓴 글들이라고 하면 가장 적절한 표현일 게다. 글은 피뢰침 효과가 있다. 글을 쓰므로 보다 큰 충격을 막을 수 있고 벼락을 피할 수 있다. 그것이 글의 덕성이다. 만약 이 글들이 책으로 나오게 된다면 내가 가장 좋아하는 윤문영 화백의 그림을 몇 점 받아서 글의 사이사이에 넣고 또 표지화로도 삼았으면 좋겠다. 우리 이쁜 슬이의 모습을 윤문영 화백만큼 잘 표현해줄 화가를 나는 아직 모르기 때문이다.

언젠가 나는 세상에서 사라지는 사람이 되고 슬이는 나이를 먹은 사람이 되겠지. 나이를 먹은 사람이 될 슬이를 위해 이 책을 기념품으로 남기고 싶다. 그래, 네가 이렇게 아름답고 귀여운 처녀였단다. 네가 이렇게 사랑받는 사람이었고 소중한 아이였단다. 세상사람 누구한테선가 전정한 마음으로 사랑을 받는다는 것이 얼마나 행복한 일인가를 너도 모르지 않을 터.

이 책을 내서 슬이에게 주면 어떤 표정을 지을까? 혹, 화를 내지는 않을까? 제발 그러지 않았으면 좋겠다. 이 책에 실린 내용들은 완전히 사실이나 진실은 아니더라도 가급적 진실에 가깝게 쓰도록 노력했다. 더러는 행동이나 사실 이전의 상상이나 느낌 같은 것들도 많이 들어가 있기는 있다.

그런 의미에서 시인의 방법과 소설가의 방법은 다르다. 소설이 사실에 기초한다면 시는 정서와 상상의 질서를 따르도록 되어 있다. 그런 의미에서 사실적 진실과 시적 진실은 다른 것이다. 소설가는 이야기 속에서 사람을 죽이기도 하지만 시인은 노래 속에서 다만 자신이 울면서 떠나든지 잊혀지든지 사라질 뿐이다. 그렇게 사랑과 인생에 대한 접근과 해결방법이 판이한 것이다.

허방지방 글을 쓰고 났더니 배가 고픈 것 같기도 하고 피곤한 것 같기도 하다. 무엇보다도 잠이 쏟아진다. 이제 편안한 마음으로 잠을 좀 자야겠다.

사랑은 언제나 서툴다

ⓒ2013 나태주

초판 초쇄 · 2013년 7월 22일
초판 발행 · 2013년 7월 29일

글쓴이 · 나태주
펴낸이 · 홍순창
북디자인 · 김연숙

펴낸곳 · 토담미디어
100-380 서울시 중구 퇴계로50길 12 (묵정동 27-5) 2층
Tel 02-2271-3335 Fax 0505-365-7845
출판등록 제2-3835호 2003년 08월 23일
http://www.todammedia.com

ISBN 978-89-92430-88-3